この命、何をあくせく

城山三郎

Shiroyama Saburou

講談社

この命、何をあくせく

目次

装画　山野辺進
装幀　緒方修一

この命、何をあくせく

ジャラン、ジャラン

若い友人が、新婚旅行でバリ島へ行くと言う。私は思わず、

「いいところを選んだねえ」

感嘆符つきでつぶやいた。

そして、その友人が戻ってくると、待ちかねたように、

「どうだった」

「ほんと、いいところでした」

その答に自分の故郷を褒められでもしたように、私はにっこりして二度、三度うなずいた。

私が育った名古屋は、幾度かの大空襲で焼野原になったあと、満洲の曠野で都市計画をやった役人などの手で、戦後はいわば根こそぎ違う町につくり変えられてしまい、私には故郷がなくなった。

それだけに、ほっとさせる旅先は、いつまでも心に残っている。バリ島は、そうした旅先

のひとつ。

そこへは東南アジアへ取材に出たついでに寄ったのだが、ジャカルタで田中首相が反日デモに取り巻かれたりした直後のことなので、もう二十五年ほど前になる。

重苦しいというか、騒然とした話を次々に聞かされ、やや参っていたときだけに、バリ島で一服してはと、現地駐在の人たちにすすめられ、行ってみた。

行って、よかった。緑が濃く、水田が続き、人々もおだやか。インドネシアが回教国なのに、その島だけはヒンドゥー教であり、野の仏のようなものが、あちこちに在り、朝に夕に、花や供物。

古きよき時代の日本が、そのまま残っている感じ。別に観光資源など訪ねなくても、そうした風景を見ているだけで、心が休まった。

そして、ある日、ホテルの庭先のゴルフコースへ出てみると、先行して白人の大男が一人でのんびりプレイというよりぶらぶら歩いている。

せっかちの私が少し焦立つのを察したのか、キャディは笑いを含んだ眼でその白人を指し、

「アメリカン、ジャラン、ジャラン」

とがめるというより、ああいうのもよいのでは、と言わんばかり。

マレー語の正確な意味はわからぬが、「ジャラン、ジャラン」には、そういう響きがあった。

よいスコアを出そうとか、少しでも飛ばそうなどというだけが、ゴルフではない。すべてを忘れて、ジャラン、ジャラン。この鮮やかな緑の風の中に、心おきなく身を委ねて行っては——。

そうか、ジャラン、ジャランか。おれの人生、ジャラン、ジャランをどこへ忘れてきてしまったのか。

以後、私は何か焦る気分になると、見えぬ鈴を鳴らすように、その言葉をつぶやいたりした。

バリ島はまた木彫の島でもあり、街道筋の店々に、小さな仏像など並べている。

その中に、子供が笑っている感じの楽しい像があり、私は珍しく自分のために買い帰り、仕事部屋の隅に置いた。

ところが、仏教に明るい知人から、「たとえ民芸品でも、然るべき形で祀っておかぬと、罰《ばち》が当たる」と、おどかされた。

困った。それに見合うスペースなどどこにも無い。といって、ただでさえ何かの罰ではないかと思わせるいろいろな目に遭ってきたその上に、この可愛い木彫からさらに罰を当てられてはたまらない。

困ったあげく、信仰心の篤《あつ》い先輩のところへ、現物持参の上、引きとって欲しいと、おそるおそる頼みこんだ。

ところが、その先輩は「土産物屋で買った」と言っているにかかわらず、

「これは、尊いお顔だ。珍しい」

と、その部屋の正面の棚に飾る、いや、祀り上げて下さった。

おかげで、そのため新たな罰《ばち》に当たらずに済み、バリ島は私の心に故郷として、とどまっている。

こうした受け取り方は、私だけではない。永渕康之『バリ島』(講談社現代新書)によると、この島が世界的に知られるようになったのは、一九三一年、パリで開かれた国際植民地博覧会へのオランダ政府による出展と、芸能の公演。そして、その六年後、コバルビアス著『バリ島』がニューヨークで出版されたのが契機という。

後者を読んだ人類学者ルース・ベネディクトは、この島を「地球上の楽園」とたたえ、他にも「この世のあちら側」「機械の時代の天国」などといった書評が続出。

コバルビアスがメキシコ人のイラストレーターで、その本にユニークなイラストを入れ、女優で写真家でもある夫人による写真も添えた本というわけで、親しみやすく読みやすいせいもあり、同書はベストセラーになり、バリ島への観光ブームをひき起したというのであ

る。

ところが、こうしたブームの奥には、実はオランダ政府の意図が働いていたことを、永渕氏は指摘する。

バリ島以外の島々には、オランダの利益になる作物を強制栽培させる一方、ある程度、欧米式の教育をひろめて文明化を計るのだが、それらと分離して、バリ島に対しては、それまでの王様中心に対して、村落社会を重視。水の流れを中心とした稲作をすすめる一方、欧米式の文明化には消極的で、バリ全島に現地人のためのオランダ学校も二校しか置かず、ヒンドゥーの宗教性を生かし、金・銀・銅・木・布などの伝統的な工芸を盛んにし、バリ人を「生きた博物館」に押しこめ、近代社会から遠ざけた。そうしたこの世的な思惑によって、「地球上の楽園」や「あちら側」はつくられた——と、いうのである。

なるほど、そういうことかと、少し鼻じろむ思いもしたが、しかし、そうした政策が無ければ、バリ島も世界の他の地域同様に、俗化というか、アメリカ化し、ディズニーランド的になってしまい、今日の「楽園」は無かったであろう。

少なくとも、アメリカ人が緑に浸って、ジャラン、ジャランと歩くこともなく、そのことで、私までが自らの人生を見直すこともなかった。

それにしても、いまや世界中が、アメリカン、アメリカンである。ジャラン、ジャランの生き方を、公私ともども、さまざまな形、さまざまな工夫で蘇らせなくては、遊園地知りの楽園知らずの人間ばかりになってしまう。見えず聞えぬ鈴の音に、耳傾けてみたいものである。

堂々と貧乏して

ある気楽な集いで、年長と年少の作家に左右から言われた。

「城山さんは頑固だねぇ」

私はあわてて、「とんでもない」

そして、一瞬の間を置いて、

「ただ、マイペースというだけ」

逃がれたつもりだが、追いかけられた。

「悠然とマイペースを守っている。そこが頑固」

「悠然どころか……」

私は口ごもった。相手が二人では勝ち目はなく、続けて言おうとした次の文句をのみ下す。

「ぼくはせっかち。悠然とは見えていても、実は茫然としたり、ときに悚然《しょうぜん》として」

一人で生きている以上、マイペースを努力して守らなければ、あっという間に吹きとばされてしまう。その種の恐怖を、これまで幾度か味わわされた。

この連載のタイトルとして、島崎藤村の「千曲川旅情のうた」の一節、「昨日またかくてありけり　今日もまたかくてありなむ　この命なにを齷齪《あくせく》　明日をのみ思ひわづらふ」を思いついたのも、私自身を慰め、あるいは鞭打つ何よりの言葉と思ったからである。


河盛好蔵さんには、八十六歳のとき書かれた「励みの精神について」と題する名エッセイがある（『河盛好蔵　私の随想選・第六巻、私の人生案内』新潮社刊所収）。

そこでは、「齷齪」の語義として、辞書から「こせこせすること」「せかせかと仕事などをすること」が紹介され、こちらの生き方を見破られたような気がして、身が縮んだが、河盛さんはしかし、「人間にはそれぞれ身についたテンポというもの」があり、テンポの早い人間が、「そのテンポをゆるめようとすると、その人間の頭脳の回転に束縛を加えることになる」と、嬉しいことを言って下さる。

それぞれのテンポに加速度がつかぬようにして、ハーモニーをつくり、「それぞれの持場の人間が、何ら外部の干渉や束縛を受けることなしに、自分のテンポで仕事をしている」のが、最も能率的な職場であり、そのことは家庭についても当てはまるであろう、と。

ただし、テンポの早い人間が多くなり、社会のテンポが加速度的に早くなってくると、「そのなかで生きることはもちろん、それを傍観していることも息苦しくなってくる」

そこでひそかに、「この命なにを齷齪」と、つぶやきたくなると。

「齷齪」は死語にはならず、今日もなお健在ということだが、複雑で性能の悪い機械のようなこの二文字、扱いにくいのか、最近の書物には、ほとんど顔を出さなくなっている――と思っていたところ、『文士とは』(大久保房男著、紅書房刊)という単純なタイトルの新刊書の中に、伏兵のようにひそんでいた。

生命、家庭、経済、思想の危機を描く私小説は、文章に凝るし、量産に向かない。このため貧乏につきまとわれるわけだが、文芸誌『群像』の創刊以来、「文芸の鬼」としておそれられてきた編集者である大久保さんによれば、その貧乏生活に貧乏臭いところが無い、という。

なぜかというと、

「豊かな生活をしたくて齷齪《あくせく》したが、うまく行かなくて貧乏しているのではなく、初手から堂々と貧乏しているからだ」と。

実家のトタン板づくりの物置を上下に仕切り、その階上に梯子をかけて上り下りし、夜は蠟燭をつけて原稿を書いた作家も居たし、豪族の子に生まれながら、「楽園の詩人」と自称して、畳の代わりに新聞紙を敷いた部屋で超然と暮らす詩人も居た。同様にして、客への座布団代わりに、セメント袋のような厚い紙袋を出した作家も居た。いずれも、当時、名のある詩人や作家である。

詩人の草野心平は、居酒屋「火の車」を開いたが、案の定、暮らしは、火の車のまま。そのころ、第一回読売文学賞の受賞がきまったが、贈呈式の日まで待って居られない。そこで、新聞社へ賞金の前借りに出かけた。

しかし、それが非常識というより、ほほえましいこととして話題になるのが、昭和三十年代半ばまでの文壇であった――と。


堂々とした貧乏、本懐でもある貧乏。

となれば、外見はともかく、気持ちは貧乏臭くはないということになるが、ただ問題なのは、本人はそれでよくても、家族はどうなるかということ。

玄関の三和土《たたき》で夫人が湯浴みしていて、客がたまげたという尾崎一雄『玄関風呂』などは、楽しい感じのする作品だが、それはむしろ例外的であり、家族は苦労や苦痛でひしがれる。

そして、それは、当の島崎藤村にも起った。

「千曲川旅情のうた」は、二十八歳ごろの作で、詩人としての評価も高まり、若さも漲《みなぎ》っている時期であり、「この命なにを……」と朗々とうたい上げるにふさわしかったが、このあと藤村の関心は詩から小説へと移り、一気に大作『破戒』の執筆に進む。

有名にはなっても、詩での収入は知れたもの。そこへ、金《かね》になるかどうかわかりもしない原稿書きに集中しはじめたのだから、「生活を縮小」せざるを得なくなり、栄養不良などもあって、『破戒』の出版をはさむ一年一ヵ月の間に、三女、次女、長女と亡くなり、出版四年後には、妻も失なってしまう。

わが命ならまだしも、これほど肉親に不幸が続けば、ふつうなら立ち直れなくなる。だが、藤村はその不運をバネにするように、心の中で自らを励まし、自らに朗々と言い聞かせながら、強靭な精神で創作の仕事を続けて行く。

『破戒』は広く読まれ、刊行七年後には、藤村は海外へ逃避したい事情もあって、パリへ赴き、三年間滞在。次の大作『夜明け前』の構想が生まれてくる。

いずれにせよ、「千曲川旅情のうた」は、つい口ずさみたくなる出来栄え。天性の詩人の口からひとりでに奔り出た感じだが、三好達治『詩を読む人のために』(岩波文庫)は「小諸なる古城のほとり」から始まる最初の二行の中では、O《オー》母音が八度くり返され、二行目にはU《ユー》母音が四度含まれて、音韻上の効果があることを指摘。最初は古城には古城《ふるき》とルビが振ってあった由で、そのままであったなら、これほど愛誦されることになったかどうか。

あれこれ考えると、軽く口ずさむだけでは済まぬ詩という気がしてくる。

定住志向

私の住む茅ケ崎で、「市民の八〇パーセントが定住志向」とのアンケート調査の結果が出た。

市の広報紙の記事ということもあるが、それにしても、高い数字である。

この町から都心へは一時間足らず。「快速アクティ」とか「湘南ライナー」なども加わり、通勤時間帯を除けば、まずまず快適に往復できる。

高層階に在る私の書斎の窓からは、海が見えるし、富士や箱根連山も遠くから挨拶してくれる。

それに何より気候がおだやか。エアコンを取り付けてはいるが、夏冬ともにほとんど使用しないで済む。

もちろん、夏はランニング姿になり、延々とマラソンにでも挑む感じで机に向かい、汗を拭いては、肌に吹く風を楽しむ。

定住志向が高いだけに、市の人口は四十年前、私が引越してきたときの五倍以上にふくれ上がり、二十万を超えて、なお、ふえ続けている。

逆に、私の来住よりさらに十五年ほど昔にさかのぼると、どこか牧歌的というか、田園風景に近いものがあった。

そのことを私は偶々《たまたま》読んでいた渡辺清『海の城』（朝日新聞社刊）で知った。

同書は、帝国海軍についての「あらゆる幻想をば破りつくすだろう」などという野間宏さんの推賞の辞がついた本で、戦争中、海軍兵士の著者が、休暇が出たので、横須賀軍港から静岡県富士市の郷里へ向かう。その車窓から、このあたりが描写されている。

「規則的な車輪の動揺《ゆれ》に身をまかせながら、おれはじっと窓わくにもたれて外に目をやっている。西陽をうけた明るい窓の外を、田圃や畑や緑の木立や、立ち並んだ家々が飛ぶように過ぎていく。苗代の苗は緑の毛せんのように、さわさわと風に波うっている。それから線路ぞいのいろんな立看板、電柱、丘の雑木林」

定住志向者が続いたおかげで、家々や電柱や立看板こそ元気よくふえ続けたが、田圃はもちろん、畑や雑木林は、いまや影の薄い存在になり果てた。

ただ、この町の西を流れる馬入川《ばにゆう》（相模川）には、緑の濃い河川敷が近年まで残り、水鳥が浮かんだりして、ほっとさせたものだが、いまはその河川敷もモーター・ボート置場や競輪客用の駐車場に使われたりし、川面にはモーター・ボートや水上バイクが水すまし代わりに走り廻っていて、鳥の姿も稀になり、哀れな彼等の行方が、気になるところ。

同時に、市内ではビル化が進み、これまたほっとさせるような昔馴染の店々が、畑や木立の後を追うように消えて行く。

ある日、簡単な買物のため、近くに在る五階建ての百貨店に立ち寄った。

レジには先客が居り、その横で母子の客と私が待つ。男子店員がそこへ二人来たが、他に用があるのか、客に見向きもしないし、声もかけないな、と思っていると、いきなりレジ係の中年女性が大声を上げた。

「一列に並んで下さい！」

こちらは順番を心得て、おとなしく待っているというのに、叱りつけるというか、どなりつける感じ。

次に代金を受け取るときには、先刻の怒声の五分の一ほど、聞こえるか聞こえないか、「ありがとご……」面倒くさそう。

大型店だから、まかり通るのだが、これが個人商店であったら、たちまち立ち行かなくなる。以前同様、懇切に応対していても経営が苦しくなるのだから、店にとってはもちろん、客にとっても悲劇である。

いずれにせよ、むやみに勢いのよいのが、大型店やチェーン店。客をどんなにあしらおうと、品揃えさえ多ければ、あるいは安くさえしておけばいい、ということなのだろうか。

帰宅後、この話をすると、

「だって、あの店、普通の百貨店じゃないのよ」

家内は私の認識不足をたしなめてから、つけ加えた。

「それに、その人、虫の居所《いどころ》が悪かったんじゃないの」

箪笥の底から取り出したような文句。昔の人の生活の知恵から生まれたのか。人は悪くない、虫が悪い、いや、虫さえ悪くない、ただ居所が悪いだけだと、どこまでも免責がまかり通ってしまう。

便利重宝な文句である。ときにはこちらも使ってみるか。いや、いや、相手に使われたら、どうする――。

私は聞こえなかったふりをして、やり過ごした。

それにしても、この四十年間、私は一途にこの土地に住もうとしていたのではない。

私たち職業の者の理想の暮らしは漂泊であり、数年に一度は他の土地を物色に出かけ、マンションを買ったこともある。海外に見に行ったりもした。

だが、いずれの場合も、茅ケ崎に戻って、家内がまず言うのは、「あゝ、やっぱり茅ケ崎がいい」

そして、私もそれまでの私自身を裏切って、異を唱えず、うなずいてしまう。

私は物ぐさでもあり、転居についてのもろもろのことを考え出すと、頭が痛くなり、「この土地のどこが悪い、えい、面倒だ」と、そのまま腰を落ち着けることに。

表通りの変貌に比べれば、一本奥の道はまだまだ緑を残し、静かである。子供の姿さえ見かけず、会うのが飼犬や飼猫だけであったりする。それも、大中小さまざまで、一度声をかけたのをおぼえていて、いつも媚びる声を出す猫もあれば、ふだんはおとなしいのに、それこそ虫の居所が悪いのか、突然、吠えかかる犬もある。

そうした道沿いの一軒に、王者のような風格で坐っているシベリアン・ハスキーが居た。通りかかるさまざまの犬が、吠えたり、甘えたりしても、表情も変えず、見て見ぬふり。人間よりも茅ケ崎に根を下ろしており、問われれば、まちがいなく「永住志向」と答えそうな犬であった。

過去形で書くのは、他でもない。あるとき、近所の婦人がその犬にかけている言葉が、気になった。

「糖尿だってね。お大事にね」

そして、その日以来、犬は姿を見せなくなった。懐しい店々だけでなく、懐しい犬まで消えるのか。犬が入院中であり、永住志向に変わりのないことを祈っている。

静かなアメリカ人

ある年の秋、取材のため、まずバンクーバーへ出かけた。

常宿であるウォーター・フロントのパン・パシフィック・ホテルへ。偶々《たまたま》、カナダは三連休。その上、近くで国際的な自動車レースが開催されるとあって、ホテルは満室。このため、ある程度の混雑というか、喧噪も覚悟していた。

そして、たしかに食堂など混んだ時もあったが、しかし、ほとんど気にならなかったのは、客が物静かであったからである。

我物顔に話すグループもなければ、走ったり叫び声をあげる子供もいない。若い母親が低い声で叱ったり、さりげなく押さえつけたりしていたからである。

ホテルのすぐ横からは、アラスカへのクルージングの大型客船がほぼ満員の客を乗せて出て行くため、見送りや見物の人を含めかなりの人出があるが、垂れ流しの音楽はもちろん、アナウンスひとつ聞こえてこない。

部屋に居て、間近に突然大きな汽笛を聞き、あわてて窓を見ると、白いビルが動き出すように、船が岸壁を離れるところであった。

私の部屋の窓の斜め真下には、水上飛行機の発着所があって、その古い一劃も、大自然の一部になったように静まり返っている。

白、青、赤、色とりどりの小型機が小さな桟橋に翼を休めていて、ときどき、短かい爆音と共に、舞い立ったり、舞い下りたり。

広い入江の彼方には、一部に雪渓を残した山々が連なり、飛び上った水上機は、みるみるうちに渡り鳥の一羽となって、山肌をかすめ消えて行く。

一日中、眺めていて飽きない風景であった。

バンクーバーでは、予備の日を含め三泊する予定であった。

取材は現地の人の助力もあって、意外にスムースに進み、予備日の必要もなくなったが、私は予定をくり上げることなく、とどまった。

ホテルの窓から眺めていても、また街に出ても、大自然の風に浸されて生きているような清々した気分になれたからで、日程を一日、半日縮めるよりも、あとはこの風に浸って、気が向けば携えてきた小説など読もう。それに勝る幸福がこの世にあろうかなどと思ったからである。

それに、「慌てる乞食は、貰いが少ない」というではないか。

ダウンタウンの通りを散歩しての印象だが、街はあくまで静かで優しく、美しいというか清潔であった。

車はスピードを上げずに走り、信号の無い所では、譲り合うようにして停まり、相手に先に行かせようとする。

暴走族の轟音も無いし、マフラーを細工している車も見ない。三日間居て、救急車などのサイレンも、耳にしなかった。

街頭や店頭、大きなショッピング・アーケードやデパート内でも、スピーカー放送は皆無といってよく、買物嫌いの私でさえ、足をとめたくなる気分にさせられた。

音楽は一人一人が選んで聞くから楽しみになるのであって、BGMなど騒音でしかない。日本で悩まされる時報や「防災無線」といった類いのものも、きれいさっぱり無かった。

無くても生きられるし、静けさこそ人間の精神活動に不可欠であることを承知し、それだけ人間が大切にされている形。

私はこのことを、ほぼ三十年前、初めてカナダ入りしたとき感じている。その旅では、太平洋をアメリカ船で渡り、サンフランシスコからバスでメキシコを廻って、さらにアメリカをバスで縦横断。ウィニペグでカナダへ入ったとき、カナダ人が「静かなアメリカ人」と呼ばれていることを知り、また見聞もし、旅の記録である『アメリカ細密バス旅行』（文春文庫）に、

「人々は風と会話でもするように、ひっそりと歩いていた」

と書きとめた。一方、その町のホテルで騒いでいた少年や、車中で携帯ラジオの音楽にハミングする中年女性が、いずれも、アメリカから旅してきた「ほんもののアメリカ人」であったことなども。

この旅での好印象もあって、慌て者の私はカナダへの移住を考え、帰国するとカナダ大使館へ相談に出かけ、

「カナダの大自然のきびしさを免れるためには大都会に住む他はなく、東京で住むのと変りませんよ」

と大使に忠告され、断念するというおまけまでついた。いまになってみれば、その二つの大都会は、外見上は劃然と違う姿を見せていると思うのだが。

カナダへの日本などアジアからの移民は、戦後、中断されていた時期もあったが、もともと労働力不足の国であり、「技術者」という枠でゆるめられ、さらに各種の移民の流入が続き、その一方では、農村から都市への人口集中が進み、いまではバンクーバーでもやはり麻薬が問題になっているともいう。そういえば私のかつての旅でも、平原の中の石油化学都市カルガリでは、昼間から酔っ払いや与太者風の男を、見かけてもいたのだが。

いずれにせよ、同じ大都会住まいをするにしても、静けさひとつにしても、やはりカナダがよかったのではという思いがする。

一時期、通産省が定年退職者のための海外移住計画をすすめたことがある。

バンクーバーの知人によると、移住先の一、二位にあげられたのが、スペインそしてオーストラリアだが、そのいずれでも移住者の自殺がふえているという。

言葉が十分通じなかったり、宗教の違い、そして、日本への距離の遠さ。さらにはかつての白豪主義に見るような白人と有色人種の隔たりや、第二次大戦の傷痕などによるのだが、その点、カナダは日本と直接戦火をまじえたこともなく、それらの弊を免れているせいで、私ならそれに静けさ美しさも加えたい。

ただし、微妙というか、面白いのは、きれいさっぱり日本を諦め、絶縁してきた人よりも、家や身内を残し、こちらで暮らしたり、日本で滞在してみたりといった感じの人、つまり、物事を潔癖にというか、窮屈に考えない人の方が、うまく行っているという。玉虫色がいいというわけだが、それと清々一色とをどう折り合わせるか、問題を残している。

嵐の中で

認めたくないのだが、年齢のせいか、「人生、このまま落ちついてよいのか」との思いが強まっているせいであろう、前々回の拙稿と、拙著『この日、この空、この私』（朝日新聞社刊）で、内容こそ違うが、重ねて「定住志向」をテーマにとり上げた。

ところが、そうした私の思いを吹きとばすような一日と、遭遇することになった。一九九九年の十八号台風である。

その日、私は長崎に所用があり、新幹線で西に向かっていたところ、広島まで来て、その先、新幹線も在来線もともに不通ということで、下ろされた。

開通の見込みは立たぬというので、一般国道を車で西へ向かうことにし、長蛇の客の末尾に並んで、ようやくタクシーへ乗りこんだ。

嵐の中、博多まででも三百キロという長距離を果して行ってくれるかどうか心配であったが、乗りこんだタクシーのドライバー、仮にAさんとしておくが、五十前後の男は二つ返事で引き受けてくれた。

「海沿いの二号線なら、何とか行けますよ」と。

広島市内では、幾筋かの川が橋桁すれすれ、あるいは堤防を越えんばかりに溢れ、しばらく行くと、交差点の信号は、すべて消えている。

灯《つ》くべきものがずっと灯いていないと、この世とは別の世界を走っている不思議さがある——などと、私は最初はのんきに構えていた。

カー・ラジオの情報を聞いていたAさんが言う。

「ちょうど台風とすれちがうことになりますなあ」

あんな巨大な物を相手にして、それでも「すれちがい」と言うのかと、おかしかったが、その意気ごみなら、とも思った。

ところが、かんじんの車が、すれちがいをこわがるように、ときどき動かなくなる。アクセル一杯に踏みこんでも、「風のやつにかなわんのですよ」と、Aさん。

やはり簡単にはすれちがいを許してくれぬ相手である。路上には、折れた枝や梢が乱舞をはじめ、海岸沿いに出ると、潮が溢れ、ビヤ樽ほどの白い物体が突進してくる。養殖カキ用筏の浮袋だといい、浮かれ浮かれて、右から左からやってくるが、楽しい眺めとばかり言えなくなる。

左手には、宮島が霞んで見えたり、全く姿を消したり。その間の海は、これが海なのかと思われるほど、灰褐色に沸き立ち、騒ぎ立っている。

それでも車は、西へ西へと向かっていたのだが、大野まで来て、車の動きは完全に膠着状態となった。

山陽本線の踏切の遮断機が折れ、線路上に車が閉じこめられている——と、ラジオ。

そこで、はじめてAさんは弱々しく言った。

「タバコ吸っていいですか。焦々《いらいら》しそうなんで」

私はあわてて、

「どうぞ、どうぞ。ぼくも吸うことがあるから」

調子を合わせて言ったわけではなく、それは事実。

ところで、台風の奴とはすれちがったのか、まだ、すれちがい以前なのか。いずれにせよ、用件の時刻にはとても間に合いそうにない。

ついに、Uターンすることに。


往路ははりつめていたのに、戻りは気が抜けての長丁場。枝が舞おうが、何かが飛んで来ようが、勝手にしろという気分。

そうした中で、Aさんが、「残念だった」と、つぶやく。

聞けば、両親が博多住まい。仕事ついでに、久しぶりに会えるところだった、と。

一方、長女は姫路に嫁ぎ、「真ん中なんで、どちらへ行くにも便利」と、文句なく広島に永住ということらしい。

娘は六人、孫も現在六人。Ａさん夫妻が寅年、娘さん二人、孫二人も寅と、

「寅が六頭居るんです」

性格に共通点があるかと訊くと、背を向けたまま、うなずいて、

「みんな真《ま》っすぐ。一直線に物を考えますね」

なるほど、台風との「すれちがい」も恐れず、走り出したわけだ。

それにしても、子と孫が六人ずつ。これこそ、複六寿、つまり、福禄寿か。

「にぎやかそうで、いいねえ」

と言うと、Ａさんは一度はうなずいた上で、

「ところが、困ることもあって」

誰をも平等に扱うということに気をつかう、と。

理由を二、三想像しながら、「例えばどういうこと」と訊くと、意外な答が来た。

「いまの季節ですよ。運動会が同じ日に重なったりして。仕様が無いんで、学校から学校と、車で梯子して廻るんです。すると、孫から、『おじいちゃん、ちょっと居ただけで、すぐ居なくなった』などと苦情が来る。日がちがえばいいんですが」

ちがえばちがったで、休日が次々に運動会廻りで潰れてしまいそうだが、それは苦痛ではないらしい。いずれにせよ、話を聞いているうち、こちらが目が廻りそうになった。

ようやく、広島市内へ戻った。

相変らず交差点の信号が消えたままの都会が、都会とは別の世界、何か象徴派の演劇の舞台のように見えてくる。

カー・ラジオも相変らず台風のニュースを伝え、宮島の神社の一部が倒れた、という。

「取りこみでいるところ、恐縮ですが……」

と、神官に訊ねるアナウンサー。それこそ恐縮していい話しかけ方だが、神官の答もおもしろかった。

「神殿が倒れて、ついでに石灯籠も倒れました」

こうした場合、「ついでに」とは余り言わないものだが、しかし、それが新鮮であると同時に人間的。

「この大型台風め。ずいぶん色々な悪さをついでにやってくれる。少しは慎しめ」

そうした風に聞こえてくる。

生来、せっかちと言われてきたが、ともかく飛び出して行ってよかった。

あの五頭の寅を率いるAさんと、また逢うことがあるかどうか。広島が身近な町に思えてきた。

にこにこした幸福な国

然るべき理由があって、いつまでも心に残る本がある。

衝撃的な場面や展開があったとか、ショックを受けるほど鮮かな人物が描かれていたとか。

それとも、大きな迷いや悩みにずばりと答えてくれ、その後の人生の指針になったとか。あるいは、この上なく悲痛あるいは哀切で、思い出しても涙がにじむとか、等々。

ところが、弱ったことにというか、おもしろいことにというか、その種の決め手になる理由が無くて、なんとなく、いつまでも心の隅から消えない本がある。

といって、魅かれた理由がはっきりしないだけに再読するということもなく、それでいて無縁のものとはならない。

これは人間関係についても言えることだが、ここでは本に限るとして、私にとって何より心に残るその種の本といえば、横光利一の『旅愁』（上下、講談社文芸文庫）であった。

『旅愁』の舞台のチロルは、海外旅行が解禁になったら、まず行きたい旅先であり、事実、何の用もないのに、私は三度にわたってチロルの中心のインスブルックを訪れ、数日滞在しては、町の内外を歩いた。

同市は、白銀を頂いた三千メートル級の山々に囲まれ、眺めはいいし、古都の一つでもあるが、これといった観光の目玉があるわけでもなく、私もとくにどこかを訪ねるということもなく、『旅愁』を偲んで、ロープウェイで手近の山に登ってみる、というぐらいのこと。

それでいて、久々に魂の故郷に戻ったような、心開かれる思いに浸ることができる。

戦争の最中か、戦後間もないころ読んだ『旅愁』のおかげであり、その影を慕いての功徳である。

この秋、五十余年ぶりに『旅愁』を再読し、幾点か研究書も読んでみた。

主人公である男女が踏み迷う氷河の風景──。空は冴えわたり、氷は光の矢となって輝き、こちらの身まで透きとおる思いにさせられたものである。

硝煙の漂いはじめた暗い日本に比べ、同じ地球の上、これほど清らかで美しい風景があるものなのかと、少年の私はおどろきの目をみはったものである。

ところが、『横光利一』(田口律男編、若草書房刊)での日置俊次氏の研究によると、舞台として描かれたハーフレカールという地には、実は氷河はなく、そこから主人公たちは氷河を渡ってスイスに出たというが、国境まで百キロもある。

というのも、実は横光はインスブルックに滞在していただけで、友人のカメラマンに見せられた写真に魅せられ、そうした空間を組み立てた、ということである。

これも作家の手腕の中なのだが、長年月、憧れてきた風景であるだけに、同業の先輩にしてやられたという思いも少々。

もっとも、『旅愁』の魅力は、それだけではなかった。

そこには、侯爵とか男爵とかを含め、各界各層の人々が登場し、それぞれ身分や肩書などにとらわれず、人間対人間として自由に交流する。

しかも、何彼《なにか》につけて、活発に話し合い、議論する。『旅愁』が「サロン小説」とか「議論小説」などと呼ばれる所以だが、軍国主義の色濃くなった当時では、軍隊はもちろん、会社でも、また学校でも、目上の人や先生に向かって、何か反論でもすれば、たちまち「理屈は要らん」「ツベコベ言うな」と、どなられる世相であった。

それに比べれば、小説の上でとはいえ、何という風通しのよい世界か、と思わせるものがあった。ああ、人と人はこんなに自由に屈託なく話し合えるものなのかと、うらやましく感じもしたはず。

主人公たちは、上海を出た船上で、二・二六事件のニュースを知る。ヨーロッパへ着けば、ナチスが抬頭し、パリ市街では左右のデモが衝突する。

そうした騒然とした時代の流れの中で、東洋対西洋、道徳対科学、仏教徒対カソリックなどといった大問題について、さまざまな角度から思いきり議論し続けるというわけで、すでに神国日本の一色に染め上げられようとしていた少年の日の私は、そうしたことにもまた、目を洗われる思いがしたにちがいない。

横光にいちばん近い人物は、主人公の矢代だが、数ヵ月のヨーロッパ滞在を終わり、シベリア鉄道経由で日本へたどりついた矢代の感慨は、外国へ行ったことの利益のうち、省みて生活に直接役立ったと思うことは、何より自分が無欲になった、というものであった。読者をやきもきさせるほど、矢代が結婚に向かって熱くならないのも、ひとつにはそのせいであろう。

いずれにせよ、いまも海外の旅から戻り、「無欲になった」「無欲になろう」などと思う人も、少なくないのではないか。

そして、この種の思いを幾度かくり返しているうちに、人生は終わりに近づいて行く。加えて、いまひとつ、矢代が抱いたこれまた平凡というか、率直な感慨は、

「自分の国は世界で一番無頓着そうににこにこした、幸福そうな国だ」

というもの。

国の内外にいろいろ問題があるとはいえ、いまの日本もまだまだ無頓着で、にこにこ暮らしている国の部類に見える。無欲になるところまではよいとしても、果してこのまま無頓着でにこにこしていてよいものなのか、どうか。

ガイドライン法、盗聴法、国旗国歌の法制化、一億総背番号制と、国民の自由を奪うおそれのある立法が立て続けに進められており、悲惨な戦争に何を学んだのかと、悲しくもなる。

事実、『旅愁』に結実する旅から帰国した横光を待ち受けていたのは戦争であり、彼は中国へ報道班員に出されようとし、これは辞退するが、太平洋戦争では「徴用」となり断わることができない。

すると、横光は最前線に出、自ら懇望して、最も危険な夜間爆撃行の水上機に同乗する。文学関係の資料には出ていないが、私はそれを戦記類を読んでいて、見つけた。

何事にも積極的に飛びこんで行く作家であったとはいえ、自殺行為に等しい。無欲どころか無私。そのとき、横光はいったい何を考えていたのであろうか。

遊兵狩り

集中豪雨とでもいうか、はげしい雨に見舞われた。晩秋の一日のことである。刈りそろえた芝生の上ならともかく、「ラフ」と呼ばれる雑草地域に踏みこむと、靴は沈み、足首のところまで水に浸《つか》った。

これでは、とてもゴルフなど続けられるものではない。ギブアップするつもりで、私は同伴競技者《パートナー》である古山高麗雄さんに訴えた。

「ひどい。足首まで水の中」

ところが、うなずくと思った古山さんが、横降りの雨の中で、笑顔で応《こた》えた。

「ぼく、タコツボの中で、首まで一日中、水に浸ってたことがあるよ」

ビルマ戦線に居たときのことであろう。その笑顔がまぶしくて、私は「ほんと！」と言ったきり、絶句してしまい、以後は無言で小柄な老兵士の背を追って、プレイを続けることになった。古山さんの戦場体験のすさまじさに、あらためて感じ入りながら。

戦後の一時期、サルトルとかカミュとかがもてはやされ、かぶれた文学青年たちは、二言目には「不条理」を口にした。この世の悲惨や苦悩を一身に引き受けるといった顔をして。なるほど、敗戦に伴なう思想の混乱や、食料不足とか、就職難ということはあった。だが、それらは経済に景気不景気があるように、人生で幾度かは出会う類いのもので、この世の終わりとか、生よりは死が魅力とか思わせるものではない。「不条理」とは、そうした域を通り越して、落ちに落ちたとき、はじめて実感できる類いのものではないだろうか。

その点では、半死半生の戦場から戻った古山さんの体験の延長線上で書かれた『フーコン戦記』（文藝春秋刊）こそ、まぎれもない「不条理の書」であり、不条理に始まり、不条理に終わる書という気がする。

にもかかわらず、その本の中で「不条理」という言葉に出会うことはなかった。兵士の屍を片付けても片付けても尽きることがないように、不用意に「不条理」などと書き出せば、際限なくその言葉を積み上げて行くことになるし、また、そうした気のきいた哲学用語でくくれるような世界でもないからである。

そして、その世界に首まで浸ってきた古山さんは、枯れたというか、醒めてしまい、悲憤慷慨するとか、正義派的な発言をすることなどついに無く、その生を終わった。

この作品では、中年男女が微妙な感情の揺れを感じながら、戦死者の足跡を異国の地図の上に記入して行くというお伽話的な展開の中で、戦場の光景を次々にあぶり出して行く。

そこは、手長猿の群の声が聞えたり、美しい蝶が乱舞する世界でもあったが、兵士たちには錦蛇や毒蛇、ハゲタカなどが襲いかかり、一メートル進む毎に一匹の割りで山蛭《やまびる》に吸いつかれ、マッチの軸ほどであったその蛭が血を吸って拇指ほどにふくれ上る――という世界であった。

軍司令官はその地域を一ヵ月で占領すると豪語したが、敵戦車二千輛に対し、日本軍は小型戦車三輛だけ。

空軍や砲兵の援護が無いどころか、小銃さえ、ろくに無い。いや、食物も無く、薬も無いという無い無い尽くし。

これでは勝てるはずが無いどころか、生き延びることさえ難しく、九万の軍隊を送りこんだのに、その七十パーセントを失なうということになる。

「渡河に苦しみ、飢え、出るもののない下痢をしながら、あるいは潰瘍に蛆を湧かせ、蛭の吸口から血を流しながら」歩く兵士たち。

そこへ敵の迫撃砲弾が落ち、兵士は「コマ切れになって」吹き飛ぶ。

「迫撃砲弾」でなく、「迫」とだけ書かれていたりすると、その瞬間の兵士たちの叫びがそのまま伝わってくる凄さがある。

ときどき補充兵が送られてくるが、その通知が届く前に、当の兵士が昇天してしまったり。

「あれが軍隊なのか」

との重い嘆き。他国のことはいざ知らず、日本国の軍隊はまさにそうであった。

経団連会長であった平岩外四さんは、物静かな学者的なお人柄だが、やはり炎熱の南方戦線に廻され、百十人の部隊で生き残りは七人だったという。

生と死がめまぐるしく交錯し、「何が何にどうつながって行くのか、わかりようもない」

と古山さん。

雨は道を泥の流れに変えて、衰え切った体をさらに苦しめるが、しかし、雨の最中は空爆や機銃掃射される危険は無く、敵の「迫」の命中度が下がったりもして、たしかに何が何につながって行くのか、わからない。

そのあげく言えるのは、

「もうどうでもいいじゃないか」

たまりかねて、

「俺たち、何のために死ぬのかな」

と、つぶやく兵士に、

「生きられないから死ぬんだよ。何のため、だなんて思わない」

と、自暴自棄に答える兵士――。

わずか五十数年前に、こうした地獄が我々日本人をのみこんでいたわけで、その地獄からの生還者である古山さんにしてみれば、遊びに出ていて集中豪雨が何だ、靴のずぶ濡れが何だということになり、こちらは物事の軽重が見えなくなっていることに、あらためて気づかされもした。

もっとも、そうした古山さんが、腹を立てていたことがある。

武器も食料もなく、さまよっている兵士たちは「遊兵」と呼ばれたのだが、その「遊兵狩り」をする輩が居る。敵やゲリラではない。日本軍の憲兵である。

病み衰え、「お迎えを待つ眼」になっている兵士を、「貴様ら浮浪者のような兵隊は閣下には見せられん」と追い散らす。

そして、しばらくして前後に護衛兵を配し、元気な参謀たちを従え、立派な服を着た師団長がお通りになる。無理な命令を次々に出してきた男である。

「偉い奴は、厳命はいくらでも出せるのである。不可能なことであっても」

「国民など、虫ケラ同然に扱わなければ、戦争はできないし、軍隊は成り立たない」

そうしたことを、一身に体現した男たちである。過去だけでなく、いまもその種の男たちが生きている。

閑ヲ愛スレバ

伊豆や軽井沢あたりに家を持って、週末に帰ったり、仕事によってはそちらを本拠にしたりというのは、いまでは珍らしい話ではなく、トライしてみようという気にもさせるのだが、それが天龍川の奥深く伊那谷ということになると——。

そこへは、列車でも高速バスでも片道四、五時間はかかる上、近くに町らしい町も無い。

ところが、神田生まれの「せっかちな気質」の英文学者であり、詩人でもある加島祥造さんが、その山里にほぼ二十年も根づいてしまっている。

一時期、信州大学教授をしていて伊那谷を知ったというのだが、その後も横浜国大で教えたりして、首都圏の暮らしが長かった。

近年の加島さんの主な仕事は、老子に関する数多い欧米の文献を踏まえ、現代にも生きる老子像を追おうということだが、それにしても、なんと酔興な、何がおもしろくてその山里へと、言いたくなる。

その疑問に答えるだけでなく、こちらまで山奥へ引きずりこまれそうになったのが、同氏の『伊那谷の老子』（淡交社刊）である。

老子は、「慈」「倹」「不敢為天下先」という三つの宝を持つ、と言う。加島訳によれば、「愛」「足るを知って多く求めぬこと」「世の中の先頭に立たぬこと」である。

なるほど、山里へ引きこもってもおかしくない「宝」だが、しかし、それだけでは訴えてくるものが弱い。

ところが、その「慈」が「自然による愛」ということだとなると、にわかに説得力が強まる。

たとえば、冬、長時間、高速バスに乗り、さらにタクシーに乗り継いで長い雪道を走り、ようやくたどり着いたところ、簡易水道が凍りついていて、水が出ない。

「慈」どころか、自然にいじめられる形だが、しかし、そうではない。

著者はやむなく雪を溶かして水にしようと、長靴をはき、鍋二つを持って、雪の吹溜りの中へ。

ところが、その雪の肌が、「木漏れ陽を吸って微妙きわまる色に燦《きら》めいている。その光の肌を掻き崩して鍋に詰めてゆく」ということになり、雪の「優しい冷たさ、冷たい優しさ」を両手にしみじみ感じた――と。

それにしても、山中での独居であり、

「淋しさが恐れに転じようとするときがある」

外の物音を聞き、こわごわガラス戸に近寄ると、

「向うに髭だらけの瘦せた蒼ざめた男が立っている」

思わず息をのんだが、実はガラスに映った自身の姿であった。

なんだと笑って、我に返る著者。

とたんに、淋しさは恐れとならず、「自分の実在を鋭く感じる小さな面白さとなった」と。

著者はまた、

「居山豈為山只愛此中閑」（山ニ居ルハアニ山ノ為ナランヤ、タダ此ノ中ノ閑ヲ愛スレバナリ）

という鉄斎の画賛を思い出し、「閑」というのは門に木（かんぬき）をかけるというだけでなく、そのことによって、人は、「世間からとり戻した『自分の時間』のなかにいる。いまの己れの実在意識を『静かに』味わう心でいる」ようになる、という。

いずれにせよ、そんな風に、「閑」にしっかり腰を据えて居られるのは、著者が何より感じる人であり、考える人であり、私には無い芯の強さの持主であるからであろう。うらやましい話である。


私も伊那谷を訪ねたことがある。

ただし、学生時代の夏休みのことであり、とくに感じることも考えることもなかった。父の店の従業員の幾人かがこの谷の出身者という縁で、その実家に泊めてもらったのだが、魚を捕ったり、林道を歩いたり。

物珍らしさだけで日を送り、深い谷、緑の中にのみこまれた家々、豊かな水量の急流といった風景だけが残っている。

同じ伊那谷でも、著者の住むのは、起伏のゆったりしたところのようだし、詩人と一学生との感性の差もあって、「閑」とか老子とか思いも寄らなかった。

もちろん、伊那谷では、夏がいちばんのシーズンというのではない。

「明るい生命の漲《みなぎ》る」春は、花々と野鳥の声に包まれる。

それに花の散った首都圏を後にその地に来ると、もう一度、春にめぐり逢うということになる。

初夏には、淡緑の美しさ。

歩く足も思わずおそくなるが、「両足ののろい動きをそのままにしておこう」と、頭は命令する。

真夏には、握り飯を食べ、天龍川の冷たい流れに両足を浸し、

「ああこの水は人間にはじめてふれる水なんだ」

と感激し、自分が「もっと生きたものになる」気がする。

そして、秋には月。二時間も、三時間も眺めている。淋しさより、自分ひとりだという意識を深くして——。

こんな風に紹介して行くと、すべてが絵になる風景になり、著者もまた風景の中の一点景に見えてくる。

事実、著者はその自然に誘いこまれるようにして筆をとり、山や谷や野の花々を描きはじめ、得意の詩をつくって画賛とする。

私などから見れば、桃源郷の主人であり、現代版の「黄金の日日」を生きる姿である。不況とはいえ、円が強いせいもあって、海外旅行ブーム。とりわけ中年女が三人も寄れば、ベニスがどうの、カナディアン・ロッキーがどうのと、姦しい。そして、どこへ出かけても、カメラ、カメラ、カメラ。それより、もっともっと、亀、亀、亀になっては如何であろうか。

もっとも、このごろは、すばやくスケッチの筆をとる人も珍らしくないが、ツアー途中の限られた時間のため、人声や靴音に包まれた中で、立ったまま走り書きならぬ走り描き。健気というか、殊勝というか、いずれにせよ少しずつ旅する姿も変わってきているようである。

せっかちなことでは、定評も自信もある私のことである。老子を道連れに生きるのはおよそ不可能だが、人生の旅にも、せめて「のろい動きを」と、思い出しては言い聞かそうと思ってはいる。

懐しいタイプ

仕事柄、毎日のようにさまざまな本を頂く。同業関係の方たちの著作が多いのだが、その中に、かつて銀行頭取であったKさんからの送本があった。

筋を通す一方で、淡々と生きた人だが、その一方、たいへんな読書家で、支店廻りのときも、いきなり支店長室の書棚に目をやり、

「きみ、いま何を読んでるんだね」

と問いかけるという噂のある人であった。こうしたKさんのことである。ほぼリタイアの身となって、ついに御自分で本を書かれたかと思った。

ところが、ひもといてみると、そうではなく、下山進著『勝負の分かれ目』（講談社刊）といい、それも二段組みで五百五十ページを超す大著。

一読をすすめられたわけだが、それにしてもこのボリュームでは――と、ためらった。

しかし、情報産業最前線での興亡をかなり広汎、そして緻密に調査したノンフィクションのようであり、私も高く評価している杉山隆男『メディアの興亡』（文藝春秋刊）の流れを

追う仕事のようなので、とりあえず五十ページだけ読んでみることに。

そして、日ごろ馴染んでいる「みどりの窓口」が、こんなところから始まったのかと、まず、ひきこまれた。コンピュータによる販売予約制度は世界ではじめてのことであり、しかも、馬場というその発明者はコンピュータの専門家でなく、戦中、東大の航空学科を出、海軍航空技術廠に居り、戦後はフルブライト留学生としてMIT《エムアイティ》（マサチューセッツ工科大学）に学び、教授に言われて「好きなことをやるのが一番」という生き方をするようになった。

ところが、再就職先の国鉄では、中途入社のため、「半端もの」扱い。職場の慰安旅行などの手配もやらされる。

国鉄部内のことなので、指定券入手には便法もあるのだが、好奇心のかたまりである馬場は、いったいどうした仕組みでやっているのか知りたくて、一人の客として駅窓口の長い行列の尻尾につき、かなりの時間待たされるという経験をする。

その上で、今度は予約現場に行ってみると、係員たちが大きな円テーブルに回転式の本立を置き、そこに並べた台帳を一々ひもどき、また、そこへ記入するという原始的な手作業をくり返しており、手間もかかれば、時間もかかって当然という情景であった。

そこで、馬場は膝を叩いた。

「切符が売れているか、どうか」の問い合わせに、答は「売れてる。売れてない」の二通りしかないので、コンピュータに記憶させ処理できると。こうして開発したのが、「みどりの窓口」となった。

馬場はその発想の延長上で、今度は証券取引所でのコンピュータ化を考える。そして、技術的に目途《めど》もつけたのだが、刻々、取引値が表示されることに反対する勢力があり、結局、ウォール街におくれ、十年あまり後になって、ようやく実現することになった。

技術的には高いものがありながら、官との癒着とか規制とかが日本経済の活力を失わせた口惜しい一例である。

もっとも、本書のテーマは情報戦争。とくに経済情報をいかに早くとらえ、客に役立つようにして早く届けるかという競争が中心であり、時事通信、日経、ロイターなどのはげしいせり合いの模様がいきいきと紹介される。

仕事の性質上、新人類たちの新技術による新世界開発戦争という趣きだが、しかし、そこはやはり人間のすること。古来から変わらぬ人間的魅力というか、人間の強みというものが、結構、この新しい世界でも力を発揮していて、私など、「おやおや」と思うだけではなく、「やっぱり」と思わずうなずかされてしまう。

たとえば、この世界でのビッグスターというか、最大の強者でもあるブルームバーグという企業の創業者である同姓の男の話。

もともとこの男は、金融資本であるソロモン・ブラザーズで、トレーダーとして新技術を開発したものの、自己主張の強いアメリカの職場の中でも、「自己主張が大変烈しい」というので、追い出されてしまった。

そのあと、一九八一年、三人のプログラマーを傭い、独立して開業したのだが、一九九九年には、社員四千人の大企業にまで成長してしまった。

いかに自己主張が烈しいか。

日本への進出に当たっては、「摩擦を避けるため、最初は合弁で」「まず男子社員を」という二つの助言を受けたが、いずれも蹴ってしまい、女性社員二人に芝大門の小さなビルで旗揚げさせる。その東京支社がいまや、大手町の大きなビルに。

ただし、ただ戦闘的、攻撃的というのではない。

その後、東京支社の若い女子社員が夏休みにアメリカへ遊びに行き、社長が会ってくれるというので、ブロードウェイの本社へ行ってみると、社長室も秘書も持たぬ社長は、社員たちの中で同じようにして執務。そして、「日本へ帰る前に一度メシを食おう」と言ってくれる。

お世辞かと思っていたところ、帰国前日、社長のお気に入りという近くの日本料理店でごちそうしてくれる。

女子社員のアメリカ滞在中、社外講師を招いてセールスの研修があり、そこへも出てみたところ、アメリカ人にとっていちばんの楽しみである金曜日の夕方から始まり、ユダヤ人の休日である土曜日も夜まで続くというきびしい研修であった。

その研修へユダヤ人である社長も終始参加し、セールスについての意見をけんめいに述べ続けた、という。

研修の熱意がこちらにも伝わってくるのだが、社長には実は新人一人一人を少しでも知っておこうという気持あってのことではないかと、その日本人女子社員は感じとって、言う。

「なんと人を説得するのに長けているのだろう。この男の前では、NOというのはひどく難しいように感じた」

と。こうした話を読んで、私はほっとした。

この社長、少しも新人類らしくない。むしろ、どこか古くさい。

私にしてみれば、『本田宗一郎との一〇〇時間』（講談社刊）の仕事を通して知り、いまなお懐しさの増すことはあれ、薄れることのない本田さんに通じる人である。

はじめに人在りき、と思わずには居られぬ一書であった。

詩人が育つ

私は『この日、この空、この私』（朝日新聞社刊）にも記したように、深夜というか、未明から、床の中であれこれ考え、メモをとりはじめる。

これを「真珠の時間」と名づけ、そのあと「黄金の時間」「銀の時間」と執筆を続け、夕食後からは「餐後（珊瑚）」の時間。

ドキュメントなど、これはと思うテレビ番組があれば楽しみ、最後に好きな本を持ってベッドへとびこむという日々を送ってきた。

ところが、家内が入院したため、テレビの無い仕事部屋で寝起きするようになり、三ヵ月を超した。

珊瑚の時間帯がそっくりそのまま、気ままな読書時間になったわけで、以前よりさらに気楽に、さらに時間をかけて、読書三昧を味わっている。

本というのはありがたいもので、とにかく簡単にこの世のことを忘れさせ、別の世界へ案内してくれる。

そういえば、ある夜、文字どおりの道案内の本、山本容朗『東京近郊　ぶらり文学散歩』（文藝春秋刊）を、カウチに横になりながら読んでいたが、途中、一つの詩を紹介されて、身を起こした。

横になっていては申訳ないし、いますぐにでも、その詩の刻まれている文学碑の在る場所へ行ってみたくなったからである。

それは沼津の千本浜公園に在るとのことで、詩の作者は井上靖。

「千個の海のかけらが
千本の松の間に
挟まっていた
少年の日
私は　毎日
それを一つづつ
食べて育った」

横になっていては申訳ないし、いますぐにでも、詩に描かれた風景を見てみたい気がした。

翌日か、翌々日だったか、私は沼津のその文学碑の前に立っていた。

残念ながら、空襲に焼かれたというので、松原には深みが無く、その上、巨大な護岸がつくられたため、「海のかけら」も見ることができなかった。

とはいえ、失望はしなかった。その詩が心に灼《や》きついていることだけでも、十分であった。

詩とは本来そういうものであり、現世の営みとは別のところ、現世を超えたところに在る。だからこそ、私たちは詩によって救われる。

次の日、私は足をのばして、井上さんが育った湯ケ島へ行ってみた。

伊豆山中の温泉町でもあるが、目を上げれば山、見下ろせば谷。

表通りから分け入ると、道は曲りくねり、ほとんど平らなところは無い。小一時間さまよってみても、人に会わず、犬猫の姿も見かけなかった。

それだけに、かつて人々はそこに封じこめられた形になり、とくに都会からひとりやってきた靖少年と村の子供たちの間の空気が難しいものになるのも、自然であった。

その上、自伝的な『しろばんば』(新潮文庫)に描かれているように、当の井上家の中での靖少年は転勤族である両親から離れて孤独。その面倒を見る老婆がもともとお妾さんであったということもあって、本家とは対立する形での土蔵暮らし。重ねて微妙というか、複雑な関係の中での暮らしとなり、ひとり星を見上げたり、落日を仰ぐことも珍らしくない幼少年時代を過ごす。

井上さんの詩集『遠征路』（井上靖全詩集所収・新潮文庫）の中に、羊や駱駝の隊列の中に「挟まって歩いている」人間が描かれている。

そういえば、前掲の詩の中にも「挟まっていた」との表現がある。

肩を組んだり、手をつなぐのでなく、挟まって歩く。

その道程が長ければ長いほど、それは子供心に辛く、きびしく、味気ないものであったにちがいない。

事実、靖少年は実に三歳のときから、沼津中学時代まで含めるなら十七歳のときまでそうした「挟まれた」生活、そして、孤独が続いた。

だが、皮肉にも、そうしたことが、井上さんの詩心を育てた、ともいえる。もちろん負けぬ気と勉強あってのことだが。

文壇の旗頭となった井上さんのまわりには、よく人が集まったし、井上さん御自身が人を集めるのが好き、という見方もあった。

お酒も好きで、銀座がはねたあと、お宅に伴われてまた、という話は、珍らしくなかった。

事実、井上さんが団長の中国訪問作家代表団に私が加わった旅の際も、一日の行事が終わったあと、団長室には十人近い人が集まって、飲み、かつ談じ合うのが、毎夜のことであった。

私も酒は嫌いではないが、生来、引っこみ思案。ワイワイガヤガヤが苦手の性質なので、ついに一夜もその席へ顔を出さず、申訳ないことをした、と思っている。

ただ当時は、井上さんがもともとにぎやかなことがお好きなのだと、単純に考えていた。挟まれて歩き、空の星だけが心の救いであったような少年時代のことも知らずに。

今度の沼津・湯ケ島行きでは、宿をその中間の大仁《おおひと》のホテルにした。かつては繁栄した町だったというが、いまは静かで、おだやかな町であった。

大浴場からは遠くに富士が見えたが、最初はそうとは思わなかった。山々の上に、白い巨大な塔のように見えていたからである。

それが富士山のどの側面に当たるものか知らぬが、富士は全身まっ白。蒼みを感じさせるほど、冴えた白一色であった。このため、アラスカにでも来た思いがした。

毎度のことだが、とにかく出かけてよかったと思った。まず現場へ足を運ぶ、その場の空気に浸るだけでもいいというのが、物書きとしての私の生き方であり、多年そうしたことができたのも、遅筆を口実に、ゆったりした仕事の日程を組んできたからで、なかなか思いどおりにはならなかったものの、この齢になり、ひとり暮らしになった以上は、ますますその念に磨きをかけたいと思っている。

頑張ったことだけは確か

本を読み終える度に、その本について何か語りたくなるし、他人がどう読んだか、訊いてみたくなる。

それは、私などには、ほとんど本能に近い衝動というか、自然の欲求に思える。

幸い私には、職業柄、幾人かそういうお相手が居るだけでなく、すでに五十年近く五人仲間で続けている読書会があり、次回は遠藤周作『深い河《ディープ・リバー》』（講談社文芸文庫）をテキストにとり上げることになった。

遠藤作品は、この読書会だけでも、再三テキストにとり上げられている。それだけ問題提起的な作品が多いということでもあろう。

「作家というより、むしろ思想家として評価すべきだ」という声も聞く。

生体解剖の問題、西洋対東洋、信仰と背信……。

いずれも重すぎるほど重いテーマであり、私などその一つにかかわっているだけで一生が終わってしまいそうな気がする。

それらを次々にこなしてきた遠藤さんのどこにそうした力がひそんでいたのか。

生来、よほど強靭な神経の持主なのか、重く腰のすわったタフ・ガイなのか。脇から見ているだけで、身心ともにぼろぼろになってしまう気がする。

しかも、遠藤作品には、いま一つ、全く別の系列のものがある。エッセイ風だが、軽やかで楽しく、少々おどけて、少々意地悪な。

このため、文体までが別人のものかと思わせるほど。

しかも、両系列とも評判になり、よく読まれているというのだから、またまた、いったいどうなっているのだと、考えさせられてしまう。そして才気のきらめく風貌と、重々しい体型を想像したのだが、現実の遠藤さんはそのいずれでもなかった。

わかったのは、遠藤さんがたいそうまじめな頑張り屋であったということ。たとえば、売れっ子ではあっても、原稿の締切は厳守し、編集者を待たせることはなかった。また、ある日突然、私に遠藤さんから電話があり、何事かと出てみると、経済に関する問い合わせ。作品のディテイルについて、それほどまで調べる人でもあった。

さて『深い河』は、インドにまで舞台をひろげ、宗教者として納得の生き方を求めてやまぬ男を描いた作品で、遠藤さんの遺志で『沈黙』とともに、棺の中に納められた由。

作家の思い入れの深さを感じるとともに、私なりにいろいろ考えさせられたが、補足する意味で、遠藤周作についての回想の本なども読んでみた。

遠藤順子『夫の宿題』（ＰＨＰ研究所刊）によると、透析によるかゆみに苦しむ夫に、似たような苦しみに耐えたヨブのことを書いてみたらと話すと、その気になった夫は以後、「愚痴っぽいことは、ぷつりと言わなくなりました。さすが物書きの魂だなぁ」と感心。それがまた「主人の命を支えてくれる原動力になるかも」と感じた、とのこと。

若いころ三度にわたって肺の手術をし、その後も大病を重ねながら、取材や執筆を続けた一生は、まさに奮闘の生涯と言えるもののようである。

それだけに、遠藤さんの若い人を見る目はきびしく、乞われて「三田文学」の編集長を引き受けると、早速、若い人たちに、

「特集プランを一人五つずつ考えよ」

と厳命。さらに、その表紙のカラーを黒地と決めたとき、ミニ姿の女子学生が、

「黒い印刷色には色ムラが出る。ダメです」

と言い出した。とたんに遠藤さんは怒った。

「自分が考えもせずに、ひとの案を否定するとはナニゴトや。否定するなら、お前さんの案も出せ」

あげくの果ては、「やめちまえ」と。

このエピソードを紹介した『遠藤周作　おどけと哀しみ』（文藝春秋刊）によると、同書の著者加藤宗哉に向かって、病室で次のようなつぶやきも漏らしたという。

「人々は私の体を見たら、よくこの体で働いたと思うだろう。頑張ったことだけは確かだ」と。

それにしても、遠藤さんはよく人をからかった。

率いる劇団「樹座」の名は「キザ」から出ているし、「やる人天国、見る人地獄」とのふれこみ。

あるいは、「アメリカでいちばん流行ってるモンキー・ドライバーズを歌う」と称して、客に期待させておいて、「エーサ、エッサ、エッサホイサッサ」と歌い出す。

これでは客は怒るより先に、笑ってしまう。

一方、人を楽しくさせ、いい気分にさせながらも、遠藤さんは隙なく観察し、自らを育ててもいたようである。

たとえば、この加藤氏はクリスチャンでもないのに、あるとき、死海への旅に連れ出された。

実はクリスチャンでない人間に、現地で知るキリストの一生がどういう興味を起こさせるか、観察しようとしていたのだと、あとでわかる。

何気ないように振舞って、実は勉強、また勉強の人生であった。

ラフというか、アバウトに生きているように見せて、緻密であった。

講演に際しては、マイクに向かってすぐ話し出さず、十秒間は黙っている。客はそこで引きこまれ、耳を傾けてくれるというのだが、これは森シゲから学んだというテクニックであった。

『夫の宿題』に戻れば、夫妻そろって健康についても用心深く、毎月、採血し、K医師の健康診断を受け、処方に従って、ようやく肝臓と糖尿という二つの病を克服したと、よろこんだところで、重い腎臓病が発見される。K医師の薬の副作用によるもので、これに対しK医師の答は「見解の相違ですな!」の一言だけだったという。

「肝臓の専門でいらっしゃる内科の先生が、まさかこれほど内科の他の分野について勉強不足と思っておりませんでした」

との夫人の怒りは、私にも痛いほどわかる。というのも、実は私の家内も、「内科・循環器科」の名医とされる医師に隔週に診察を受けながら、肝臓ガンへのまともな警告をされることなく、手おくれになってしまったからである。

人のみぞ熱くうるみて

遠藤周作の一生は、「奮闘する生涯」であると、書いた。

では、なぜ奮闘したか。

性格的なものなどあったであろうが、まず気づくのは、その母が奮闘し続けた人であったことである。

夫婦間が不仲になり、暗い日々の中で、その母は健気にヴァイオリンを教えることで、二人の男の子を育て上げる。ときには指から血を流し、その胸を赤く染めながら。

このため、「イエスと母親が二重うつしになった」という夫人の説明には、うなずかされる。

一方、遠藤の兄は、この母親の奮闘に応えるように、抜群の学業成績を上げ、中学も高校もそれぞれ一年飛び級して東大へ進み、高級官僚になって行く。

これに対し遠藤は、若い日から大病に襲われ、苛酷な闘病生活という形での奮闘を経験し続ける。

さらにつけ加えるなら、遠藤夫人はその愛情の九十九パーセントを夫に注いだということで、これまた奮闘する生涯。

右を向いても、左を向いても、奮闘、奮闘、また奮闘。

人は奮闘だけでは生きられず、そこからの解放を求める。

たとえば、遠藤さんもゴルフはいかがと練習場に姿を見せた。ところが、「クラブを百回振っても、ボールに当たったのは三回だけ」といったオーバーな噂が流れて、幕切れとなった。

体格面で、あるいは気質の上で合わなかったのか。それとも、そのときの同伴者が辛辣であったせいか。

いずれにせよ、こうして「樹座」的なおどけだけが、ほっとするための不可欠のものとなった。

ところで、同業ながら対照的な生き方をしたかに見える「無頼派」と呼ばれる人たちに目を向けてみよう。

「渤海戯唱」と題したひとつの詩がある。

寒気きびしい中国北部で詠まれたもので、詩人というか詩の作者は、檀一雄。

太宰治、坂口安吾などと並ぶ無頼派の雄だが、いまの人たちには、女優檀ふみさんの父君といったほうが、よくわかるかも知れない。

詩は、次のように始まる。

なべてみな物は凍れど
人のみぞ　熱くうるみて
月の出に　酒掬《く》みかはし
宵の町　馬車はしらする

故国を遠く離れた大陸の果て、木も家も空気まで凍ったかのような寒気の中で、親しい友人たちというか、同志たちだけが、酒を汲み交わしてであろうが、心を開き、顔をうるませ、眼をうるませて語り合う。

「熱くうるみて」という表現は、それ以外に置き代える言葉が考えられぬほど、その場のふんい気をよく伝えている。

一日の緊張や奮闘の苦労など、すべて融かしてしまうような、あたたかな空気がそこには在る。

そして、その思いがつのると、それまでうらやましく思っていた東京に居る連中など何者ぞ、という高揚した気分になり、繁、淵、治（太宰）等々、旧友の名を連ねて、一束にし、

女子《めこ》とゐて　夕餉さびしく
とぼしきに　さんまを喰《くら》ふか

と、突き放すようにして、その詩は終わる。

最後に「さんま」が出てきたのは、他でもない。その束ねた名前の中に、友人ではなく、尊敬していたはずの慵斎先生こと佐藤春夫を含め、そのついでに、そんな風に師をからかっていた。

こわいもの知らず、天井知らずの思いになっていたわけだが、酒の入った親友同士の間では珍らしくないことでもある。

何でも言えて、一緒に居ればほっとする肉親や親友。アメリカの社会心理学では、それを「インティマシイ」の世界として、人間を支える三本柱の一つに掲げる。

その柱を太くするためには、たとえばキングスレイ・ウォードの『ビジネスマンの父より息子への30通の手紙』（新潮文庫）が説くように、少くとも週に一度は電話し、月に一度は食事を共にするという律儀さが要る。

ほっとするためには、ほっとしてばかりは居られぬというわけで、これも私にはできない相談である。

となると、何かの機会に深酒でもして、「熱くうるみて」の思いを一気に深めておくことだが、その道を行けば、やがて無頼を極めるというか、無頼のどん底へ落ちることも覚悟しなければならない。

たとえば、『小説太宰治』で紹介される熱海の一件。

熱海で居続け、借金で身動きできなくなった太宰を救い出すため、夫人が苦労して金をつくり、これを檀に熱海へと持って行かせる。

ところが、着く早々、太宰に小料理屋へ連れて行かれ、今度は二人揃っての大散財。あらためて金を工面して来なくてはと、太宰が東京へ出かけたが、ひとり残された檀の許へ、「太宰の思いやりだろう」という女性が来て、さらに借金はふえるし、いくら待っても、太宰からの連絡は無い。

宿や料理屋も困り果て、あげくの果ては、借金取りが付き添って、檀も東京行き。

ようやく太宰をつかまえ、

「何だ、君。あんまりじゃないか」

と責めると、これに対する太宰の返事はさすがであった。

「待つ身が辛いかね、待たせる身が辛いかね」

これにはとっさに応じようがなかったらしく、檀は感想だけを記す。「この言葉は弱々しかったが、強い反撃の響を持っていたことを今でもはっきりと覚えている」と。

奮闘の生涯で解放感を求めるにしても、遠藤流のおとぼけのためには、知恵も要るし、判断力というか、鋭い反射神経もまた必要である。

やはり「熱くうるみて」のほうが、手っとり早く、その道への未練というか憧れが、多くの人の心の底にひそんでいるようにも思える。それでいて、その道のこわさ！
そこが人生のにがさであり、おもしろさということかも知れぬにしても。

異なった年齢に、新しい事実

私などよりかなり年少の人が自らを老人と名乗ったりしていると、こちらは落着かなくなってしまう。

世間的にも制度上でも「老人」とされているのに、なぜだろうか。まだまだ若いつもりでいるのに、老人扱いしないでくれ——と、突っぱる気分も、もちろんあるし、誰かを「○○老」などと呼ぶときには、敬意ばかりでなく、いくらかからかうような思いあってのことだからである。

いや、そうしたこと以上に、私は若いうちから年長者に接する機会が多かったし、そうした方たちが八十代はおろか、九十を超えてもなお相変らず元気で、知的にも社会的にも活躍して居られ、私などとても老人の顔をしているわけには参りませんと、これは本気で思っている。

もっとも、その私も早くから老後問題には関心があって、『毎日が日曜日』（新潮文庫）で小説化し、『人生余熱あり』（光文社刊）では、その好例を訪ねて歩いたりもしたし、いまもそのテーマの本を思い出したように読んでいる。

この稿のタイトルは、そうした中の一冊『夢見つつ深く植えよ』（みすず書房刊）の中に引用されているもので、もともとは、ラ・ロシュフーコーの言葉。

「異なった年齢において、われわれは人生のまったく新しい事実に遭遇する」

それを勝手ながら、縮めさせてもらった。

著者であるメイ・サートンは、アメリカ東北部ニューイングランドの寒村に居を構えて、世界的にも有名になった女性だが、これが最初に評判になった本だという。

邦訳が出たとき読み、今回再読してみて、私があらためて感じたのは、彼女の芯の強さである。

訳者（武田尚子）によると、ボストン暮らしをやめて、日本を含めた世界各地を探訪したあげく、その土地へ移り住んだというが、親の遺産で買った家の敷地は、荒地も同然になっていたとはいえ、三万六千坪。

気候酷薄、作物も十分にとれぬそうした土地を、彼女が老後の地として選んだ理由が、ふるっている。

一人娘である彼女は、両親がとくに愛したベルギー製の家具を、のびのびした空間に置いてやりたかった。

それに、その村をはじめて訪れたとき耳にした鶯の声が忘れられぬ、というのである。

多年、一人暮らしを通してきた女性にふさわしいような、ふさわしくないような、まことにセンチメンタルというか、ロマンチックな動機からであった。

そのとき、彼女は四十六歳。以後、人手を借りながら、敷地の一部を耕やし、花を植えたりする生活に入ったわけだが、それがまた、たいへんであった。

想像以上の寒さに加えて、不順な天候続き。旱天が続いたあげく、水が出なくなり、皿を洗うのも手控え、入浴する代りに泥水の川に入る。トイレ用の水も一日に一度しか流されぬといった暮らしもした。

それでも彼女は祈るようにして、また、しがみつくようにして、愛情を草木に注ぎ続けるが、彼女の内部から敵が現われた。「老い」である。

その敵に対して、ロシュフーコーの「賢明な言葉」どおり、彼女は敢然として、ときには欣然として立ち向かって行った。

たしかに人生には「若いときならではの楽しみ」もあるであろうが、「人生の半ばを過ぎての楽しみ」もあるはずだ、と。

それはたとえば、「白い壁にまだらにうつる午後の光」を天恵と感じられることであり、あるいは、はるか年長と思っていた人たちを「同時代人にさせる」ことでもある。

一方、若い人たちに手を貸したり、頼られたりするということも、やはり楽しみの一つとなり、「野心と世間を忘れる」ときを持つ、という楽しみまで持つことができる。

結果として、「内面に向かっての人生冒険をますます高く評価する」ようになる――という高級な楽しみまでつけ加わるのだが、しかし彼女はそれなりの努力もしている。

それは、消極的に孤高に耐えるという芯の強さを持つだけでなく、むしろ自ら進んで人とのつながりを求め、人の中へ入って行くという積極的な生き方にもよる。

はるかな寒村であるにもかかわらず、彼女の友人たちが次々に訪れ、逗留して行く。もちろんタウン・ミーティングへ出るなど、彼女は進んで村人の中へも入って行く。性格にもよるのだろうが、意識して人を呼びこみ、人の中へ入りこむ感じである。

これは一部の女性に見かける性向でもあるのだが、とにかく人なつっこく、話好き。話して楽しい相手である。

その辺のことがわかってくると、私としては、ただ感心してばかり居られず、わが身の生き方をあらためて点検し、反省させられる羽目になった。

それに、女性のことだからと、他人事のように眺めて居るわけにも行かなくなった。

たとえば、先にとり上げた『フーコン戦記』(文藝春秋刊)の著者古山高麗雄さんは、夫人を亡くされた後も、少なくとも表面的には元気で、快活。

「ひとり暮らしになったけど、いろいろおばさんたちの相談にのってやったりするので、お礼代わりにおいしい店を教えてくれたりして、食生活にも全く困らないよ」

けろりとした表情であった。

もちろん、女性相手だけでなく、古山さんには打ちとけた友人が少なくなかった。文壇仲間やゴルフ仲間が居ただけではない。

古い競馬ファンである古山さんは、その経験を買われ、中央競馬会での顧問役のようなことを頼まれ、後輩たちのために、いわば物申したりもしていた。

それらさまざまな仲間たちを集めるというか、仲間たちにかつがれるようにして、人生に荒天も寒村も関係無し、といった趣き。

そして、そのことは創作活動の上でも生き、『フーコン戦記』では中年女性を狂言廻しのように登場させることで、陰惨な話を重苦しさを感じさせずに展開するという技法の冴えを見せた。

その意味では、「異なった年齢において、人生のまったく新しい事実に遭遇」することができ、それを生かしていた人であり、「若い人たちに手を貸したり、頼られたり」もしていた。

サートンにはおどろかされたが、手本になる人も身近に居たというわけで、思い出しては私は小さくなるばかりである。

傾斜していく過程

盛夏の一日、大阪へ日帰りの旅をした。

往路の新幹線の車内で、電光ニュースがコンコルドの墜落事故を報じている。

最初は「パリでビルに衝突」などというものもあったが、やがて死者の数がふえ、「ドイツ首相が調査班や運輸相を急派」などと出る。

新聞の見出しの羅列という感じなので、英仏の共同開発・共同運航のコンコルドのパリでの事故なのに、なぜドイツ首相があわてているのか、よくわからない。

もともと私は学生時代にグライダー部に居たこともあり、『忘れ得ぬ翼』（文春文庫）という短篇集を出すなどの飛行機好き。

コンコルドにも、かなり早い時期に乗った。

最初は、産油国に囲まれた島、バーレーンからロンドンへ。

ファースト・クラスの二割増しという高い料金のせいもあってか、乗客はほとんど中年の男性。それも、いずれも重役クラスといった風采。

超音速で飛ぶために、機体はこぢんまりして、窓も小さく、潜水艦にでも乗る感じで、中には天井に頭が届きそうな感じの人も居た。

離陸後、スピードを実感するのは無理だが、その代わり、客室入口の壁に、マッハでスピードが刻々表示される。

その数字が「1」、つまり音速に近くなったとき、それまで落着き払ったように見えていた男たちが、次々に立ち上がって、その数字の近くへ行き、カメラを向け、あるいは数字の下で写真に撮ってもらう。

まるで、おのぼりさんか、修学旅行の小学生といった有様で、おかしかった。

その数年後の夏、私はまたコンコルドに乗った。

今回の事故機と同様、パリ発、ニューヨーク行きの便である。

おどろいたことに、バカンス・シーズンのせいもあろうが、乗客の顔ぶれが前回とはまるで違っていた。

華やいだ女性客が多く、それも、そのままビーチに出られそうなスタイルの人や、ラケット片手にという少女も居る。

太陽に憧れるヨーロッパの人たちは、夏には南へ南へと繰り出すが、その行先はほとんどがイタリアか、南仏、スペインといったところ。

たとえば、ナポレオンの流されたエルバ島には、ドイツ人客が溢れ、私は英語を解さぬというドイツ人にドイツ語で語りかけられ、四苦八苦したおぼえがある。彼等にとってエルバ島は生活費が安く、恰好の滞在先になっているようであった。

子女までがコンコルドでアメリカへバカンスを過ごしに行くというのは、そうした一般大衆とは、まるで別種。ヨーロッパには、いわゆる上流社会が厳として存在していることを実感させられる光景であった。

コンコルド墜落のニュースに、私は最初の旅でのビジネス・エリートと、二度目の旅でのバカンス客という二通りの客たちの姿を思い浮かべ、その無残な運命を思いやった。

午後おそく帰りの新幹線に乗ると、電光ニュースは、コンコルドがドイツ人団体客のチャーター便であったと伝えている。ドイツ首相のすばやい対応の理由も、それでわかったが、事故原因については、諸説が次々に流れるばかり。

私の経験では、一度、着陸時に大きなバウンドがあって肝を冷やし、離着陸が難しそうな機種という感じを持たされていたのだが。

新幹線はこの日もスムースに定刻どおり走り、私は小田原で東海道線に乗り継いだ。

窓ぎわの席に坐り、ゆっくり飲物をとるのが、いつもの旅の締めくくりである。

この日は小壜のワインをのんだが、目をあげると、丹沢の山々の上に、夕焼け雲が流れている。

朱色であったり、茜《あかね》色であったり、柿色であったりと、色調はさまざまだが、それらの雲が湧いて、流れて、立ち上り、踊り去って行くといった眺めで、映画で見たオーロラを思い出させた。

ついでに私は、二十年ほど前の恥ずかしい失敗を思い出した。

そのとき私はオーロラをこの眼で見たいという一念から、アラスカのフェアバンクスに出かけた。そこにオーロラ研究の第一人者といわれる日本人学者が居るのを訪ねてのことである。

一週間も居れば、まちがいなく目撃できると思ってのことだが、たしかにオーロラは出たものの、それは計器の上に波状の線となって現われただけで、わが眼で見ることは、ついにできなかった。

理由は単純。アラスカが白夜のシーズンであったからである。

理科に弱いというより、私は自分のいいかげんさをあらためて思い知らされた。

もっとも、予定していた一週間の滞在中は、大型獣のムースを追ったり、砂金採りの現場に近づこうとして、男たちの銃口に追われたり。

さらに、貨物と混載の小型機に乗って、北極圏の町バローへ行き、鯨や海獣の死臭の漂う浜を歩いたりと、結構、さまざまな見聞を楽しむことができた。

それに、空振りに終わったその数年後、私はヨーロッパへ渡る飛行機の窓から、思いがけず、オーロラをこの眼で見ることができた。

客たちが眠っている中で、私だけが本を読んで、目ざめていたおかげである。

それは、神秘的な青と緑の帯となって、光りながら、夜空の一角に波打ち、漂っていた。

そのオーロラの眺めほどではないが、東海道線の窓から見る美しい夕焼け雲の動きは、私の思いを天国へ連れ出した。この日亡くなった人々の行く先は、この夕焼けのように、あるいはオーロラの空のように美しいものだろうか。

私は車中読んできた『詩歌文学館ものがたり』(日本現代詩歌文学館・刊行)の一節を思い出した。

そこには「詩人として作家として」と題した井上靖講演が収録されていて、その中にマーシャルという考古学者の次の文章が引用されている。

「人生とは——己が自分の死に向かって傾斜していく長い過程である」

井上さんは「悲しみが非常に入っている」文章だと、いわれる。あとは長短の差だけということなのであろうか。

しずかな夫婦に

某日、京都駅に着いたときは夜、そして雨になっていた。

巨大な倉庫のような冷ややかな感じの駅舎を出ると、タクシー乗場は遠かった。いやな感じがした。

乗ったのは、個人タクシー。住所を告げると、すぐ走り出した。京都は地番変更などしていないので、二つ返事でまちがいなく運んでくれる感じで、私はほっとした。

というのも、はじめて訪ねる先であり、地理は全く不案内であったからである。

車はかなり走った。

そこは京都の町の奥の奥。閑静な一区劃で、医師や弁護士さんなどのりっぱなお屋敷が多い、という。

おやおやと思った。目指す家は二間か三間しかない小さな借家のはず。場所ちがいではないか、と。

その一劃に入ると、果して大きな屋敷ばかりで、静まり返っており、目指す家など在りそうにない。

しかし、スピードを落として走り直してもらうと、幸い、その家が見つかった。私と運転手の二人が見落としてもふしぎでないほど、小さな古い家であった。

やれやれと思ったが、私は車を停めさせず、徐行して通り過ぎてもらいながら、その家を眼に灼《や》きつかせた。

「停めなくてよかったんですか」

けげんそうに訊く運転手に、私は短かく説明した。

広く世間に名を知られた人ではないが、質素な生活をし、よい詩を数多く残した詩人であり、そうした人にふさわしい住まいとわかって、安心した、と。

運転手は大きくうなずき、

「ほんと、ぎんぎらぎんでなくて、よかった」

詩人の名は、天野忠。一九〇九年生まれで、一九九三年亡くなった。自費出版のものを含め数々の詩集やエッセイ集を残した中に、夫婦を主題にした自選詩集『夫婦の肖像』（編集工房ノア刊）があり、それによると、独身時代には、

「結婚をひとまたぎして直ぐ
しずかな夫婦になれぬものかと思っていた」

と。結婚してみて、

「おお　そしていちばん感動したのは
いつもあの暗い部屋に私の帰ってくるころ
ポッと電灯の点いていることだった――」
という時点から、「しずかな夫婦」をめざして歩きはじめたのだが、時代が時代であり、それは簡単なことでなかった。

まずデパートに勤め、戦争が烈しくなると、弱い体で苛酷な職場に徴用されてはたいへんと、つてを頼って兵庫の軍需会社の事務職についたのはよかったが、住宅難もあって、洛北の借家から通うためには、毎朝四時起き。

それを二年ほど続け、終戦後は小さな出版社などに勤めたあと、奈良女子大の教務課、そして図書館勤務。やはり洛北からの長距離通勤で、二十年。

体を痛めたりもしたが、その後は手がたく年金生活。つまり、無頼派的なところは少しも無く、まじめに勤めながら、詩だけは書き続け、『しずかな人　しずかな部分』（第一芸文社刊）なる詩集も出した。

「しずかな夫婦」になろうと思い続けていたわけだが、現実は二人の男の子の病気や貧乏、食料難などに襲われ続け、夢見たのとはちがって、「にぎやかなそして相性でない夫婦」にならざるを得なかった。

その子供たちが、「思い思いに　デモクラチックに　遠くへ行ってしまった」あと、

「夫婦はやっともとの二人になった
三十年前夢見たしずかな夫婦ができ上がった」

というわけである。

それからは、ふつう第二の人生と呼ばれる時期だが、天野にとっては、むしろ「第一の人生」の思いではなかったのか。

もちろん、老いがしのび寄っているのだが、天野夫妻はまことに屈託のない人生というか、微苦笑ものの人生をも見せてくれた。

夫婦いっしょに三本立ての映画を見たり、彼岸の墓参のあと、近くの動物園へ寄ったり。

もちろん夫婦の営みも。

ある夜、息子が様子を見にやってきた。

天野が寝たあと、隣室から妻に問う息子の声が聞こえた。

「ここの夫婦は、どっちが先に死ぬつもり」

それに対して老妻は、

「おじいちゃんが先き　ちょっとあとから私のつもり」

翌朝、息子が出たあと、詩は記す。

「じいさんは遅い朝めしをたべた
おいしそうにお茶漬を二杯たべた」

この詩集には、天野夫妻のことだけでなく、他の夫婦をうたった詩も含まれているが、やはり前者が私小説の味があって、おもしろい。

たとえば、二人の好みはちがい、見合いのとき、男は「ニシンそばでも食べませんか」と誘ったが、「ニシンは嫌いです」と、一蹴される。

そして、長い結婚生活の間、ニシンそばと卵とじという風に、めいめいの好みを通してきたのだが、晩年のある日、夫が「久しぶりに街へ出て、ニシンそばでも喰ってこようか」と誘う。

もうそろそろ同調してもよかろうというのと、からかう気持もあってのことであろうが、

「——ニシンは嫌いです。と
私の古い女房は答えた」

という二行で、「しずかな夫婦」という詩は結ばれ、おかしくもあり、みごと。

もちろん、口喧嘩の詩もある。

負けた夫がつい箸を投げたら、その先が妻に向いた。

「人の胸に釘さすような形……」

と、ものしずかにたしなめる妻。夫はふくれてテレビを見るが、手ではこっそり箸の向きを変えたという。これもまた、「しずかな夫婦」であるための小さな条件の一つであるかも

知れない。

　いずれにせよ、心あたたまるというか、こちらの心もしずまる詩が多く、年齢のせいか、私はここでも「懐しい」という言葉を使いたくもなった。

　それにしても、現世には余計なものが多すぎる。「しずかな夫婦」でありさえすれば、もう何も要らぬのでは——と思わされたりもするこのごろである。

野次馬精神

前稿の「しずかな夫婦」とは対照的に、この稿ではにぎやかというか、世間を騒がす夫婦をのぞいてみる。

「のぞく」とは、と言われるかも知れぬが、御紹介する本が、佐伯彰一『作家の手紙をのぞき読む』(講談社刊)。そして、同書の中心となるとともに、圧巻なのが、ヘミングウェイと四人の妻たちに関する話である。

ふつう、妻とは一人のはずだが、彼の場合、複数の女性が妻であったり、妻になろうとしたり。

一時期は、そうした二人が同居したため、「毎日が日曜日」ならぬ「毎日が三角関係」。

いずれにせよ、元気な女性たちで、スペイン内乱で砲弾の飛び交うマドリッドへ潜入したり、日中戦争の最中、ビルマへ飛び、さらに援蔣ルートをルポし、爆撃を受けた直後の昆明入りをし、ヘミングウェイよりも長く戦場にとどまった女性も居て、一人一人がはっきりした個性と意志を持つ。

ヘミングウェイも含めて、傷つけ合いながら、それぞれが育つという面もあるが、戦場だけでなく、家庭もまた戦場となり、修羅場となり、自らまいた種子とはいいながら、ヘミングウェイもたいへんである。

そういえば、晩年の作である『老人と海』には、まるで救いのように心やさしい少年が添えられているが、にぎやかな四人の妻たちよりも、そうした少年が彼の慰めになっていたのかも知れない。

戦場に出たり、闘牛や狩猟や大物釣りに熱中するヘミングウェイの姿は、佐伯氏に言わせれば、「男性度九割九分とも言いたいようなライフ・スタイルの実行者」ではあったが、最初の糟糠の妻との離婚などが心の傷となって残り、その辺のことをふまえて『移動祝祭日』を書き上げてみたものの、「『金持』娘の勝手な我が儘にしてやられた」という弁解に終わっているというのが、佐伯さんの評価であり、ヘミングウェイ自身も刊行をためらったまま自殺。

それを四番目の夫人、つまり未亡人が「これぞヘミングウェイの最後の叫び」として、責任編集の役を自ら買って出て、刊行させた。天国へ向かったヘミングウェイも、おどろいて引き返したくなったのではないか。

もっとも、そのおかげで、内外のファンはその作品を読む楽しみにも恵まれたわけで、とにもかくにも、にぎやかな夫婦であった。

ヘミングウェイに続いては、スケールの大きなスパイ小説で、世界的なベストセラー作家となったグレアム・グリーンが俎板《まないた》の上に。

私も二、三作読んでみて、よくぞここまで調べたものと感心したおぼえがあるが、それもそのはず、グリーンはもともとイギリス政府の諜報部勤務で、スパイ活動が本職であり、職業上で知り得た秘密を、したたかに活用したようである。

しかも、その活動もまた、かなり入《い》れこんだものというか、そこまでやってよいのかと思わせる面もあった由。

たとえば、情報をとるために、待合の経営をするようにとの提案書を出すが、そこには、

「『マダム』にぴったりの女性を見つけておりまして」

と書き加える。

佐伯さんはそこで永井荷風を思い出す。

荷風もまた知り合いの女性に待合の経営を任せたのだが、グリーンも荷風同様に、のぞきの仕掛けをつくるつもりだったのか、そのマダム候補とグリーンとの間の関係はいかなるものであったのか……。

グリーンの冒険心に驚かされるだけでなく、

「エロスの嗜好と耽溺ぶり、なまなかなものでなかったと認むべきだろう」

と、佐伯さんは付言する。

アメリカであろうと、イギリスであろうと、いずれにせよ作家たちは「したたか」であり、「罪深き男」であり、「つわ者同士」であったという指摘にはうなずかざるを得ないが、その点では、ケンブリッジ大出身で学者となり外交官の道へと進んだカナダ人ハーバート・ノーマンの場合はしたたかではなかった。

ノーマンの著『日本における近代国家の成立』は、進歩派的な視点から近代日本の成立過程をあざやかに分析しており、刊行当時に学生であった私は、目を洗われる思いで、二度三度と読んだ思い出がある。

ところが、このノーマン、はじめて大使としてエジプトへ赴任した翌一九五七年、謎の飛び降り自殺を遂げる。

ノーマンは宣教師の息子として、日本で生まれ、佐伯さんはノーマンの兄から戦前、富山高校で英作文を教わった。

もっとも、この先生、最初の授業で「ヨヨたるタイカイを」と日本語で朗々と。学生たちはとまどったが、それは「洋々たる大海」のことであった、と。

こうした縁もあって、佐伯さんは今度は手紙ではなく、工藤美代子『悲劇の外交官　ハーバート・ノーマンの生涯』（岩波書店刊）を手がかりにノーマンを追う。

学生時代、尖鋭な政治青年であった親友がスペイン内戦に出て、戦死してしまったのに、自分はついに腰を上げなかった。

大使当時に軍事衝突が起ったとき、長期旅行中でエジプトに不在であったという不運。そして、ソ連寄りと見られていたこと。

事実、ケンブリッジ大では共産党に入党していたのに、それを隠していたこと。

そこへ、上院議員マッカーシーによる赤狩りで炙《あぶ》り出されそうになり、クリスチャンとして偽証するかどうかで悩んだことなどがわかるのだが、作家たちのしたたかさを見てきた佐伯さんにしてみれば、

「余りに弱気、また性急すぎたと言わずにいられない」

ということに。

それにしても、言論の自由の上に立つ理想の民主国家のはずのアメリカで荒れ狂ったマッカーシズムの烈しさは、知識人をふるえ上らせたものだが、佐伯さんはガリオア留学先のウイスコンシン大学で、マッカーシーの講演会を聴きに行っている。

「勿論、ただの野次馬の一人にすぎず」

という気持で。

本書が研究者の書という域を脱しておもしろく、身近なものとして親しめるのは、実はこの野次馬精神のおかげでもある。

この本、少々値ははるが、有名な人間の内側を知り、にわかに多くの友人を持ったような

気分にさせられた。読書の何よりの功徳である。

一喜一憂の男たち

晴雨定めないのが天気なら、明暗交々来るのが、この世の定め。そこで一喜一憂しながら、私たちは人生を送るのだが、その一喜一憂をなまやさしくない形で、つまり、その度に生死がかかわるような一喜一憂を繰り返した男の物語が、吉村昭『島抜け』（新潮社刊）である。

その一喜一憂のはげしさに、私ならあくせくするあまり、頭がおかしくなり、早々と人生をギブアップしたところである。

それを、この物語の主人公瑞龍は耐え抜いて行く。

結果的には、耐えざるを得なくて耐えたということかも知れぬが、それにしても、最後の最後まで生きる希望と気力を失わなかったおかげである。

瑞龍の不運は、大坂で捕えられ、種子島へ送られることから始まった。

それも、殺人や強盗など身におぼえのある悪事を咎められてのことではない。

瑞龍は講釈師。関ヶ原以来の徳川方の工作の数々により、大坂夏の陣となり、ここで真田《さなだ》勢の奮戦のため、家康があわてて逃げたなどという講釈が受けたのだが、これが「御公儀を恐れぬ不届至極」な話とされる。「東照宮様の御名を呼び捨て」にしたではないか、と。

講談の中で、登場人物に一々「様」をつけていては、講談が成り立たなくなる、というのに。

つまり、言いがかりをつけられて思想犯扱いされたわけで、現代人にとっても、他人事とは思えなくなる。

こうして天保十五年（一八四四年）六月、船に乗せられ、薩摩の山川港を経て、十一月に種子島に。

そこで流人仲間とともに、単調で不本意な生活を延々と強いられることになる。

もっとも、あくせくせず、その運命さえ受け入れてしまえば、命永らえ、いつかはシャバに戻れるという夢だけは見続けることができる。

逆に運命に逆らって、島抜けを企てれば、命がけの航海をすることになり、見つかれば、死罪になる。

それだけに島抜けなど諦めるのが、流人の常であり、瑞龍もまた、そうした日々を送っていた。楽しみは浜に出て、貝を拾ったり、魚を釣ったり。

そこへ、ある日、ふいに幸運の女神がほほえみかける。

流人仲間四人で浜に出てみると、一艘の丸木舟がつながれたままになっていて、視界に人影は無い。

そこで無断で拝借して、沖へ釣りに出たのだが、汐に流されて島から遠ざかったりもして、いっそ、そのまま島抜けすることに決めてしまう。

ところが、嵐に見舞われたり、海の色が変わったり、また嵐に襲われたり、風に流されたり。

絶望的な思いに沈んでいると、半月後に見知らぬ島に流れつき、言葉の通じぬ唐人たちに救い出され、もてなされた上で、舟まで修理し、方向を示して海へ押し出してくれる。

また不安に包まれるのだが、そのまま航海して行くと、にぎやかな港町に着き、日本との貿易に期待している役人たちが、長崎への船に便乗させてくれる。

故国に生還できるのは嬉しい。だが、島抜けの身とわかれば、たちまち死罪になる。喜びとおびえが半ばする。

ところが、たまたまうまく身許をくらますことができ、希望する行先として、大坂からは離れ、幕府との縁も薄い毛利領の三田尻を選び、道を工夫してそこへ着くのだが、その三田尻では……。

有為転変はさらに続き、こちらは瑞龍の身となって、はらはらのし通しであった。

ディテイルがしっかりしているので、余計、迫力がある。

というのも、吉村さんはたとえば宇和島へは百五十回、長崎へは三百回も行ったことがあるそうで、地方の風物が目にも耳にもしみついているせいでもあろう。

吉村さんには脱獄囚や高野長英の逃亡生活を描いた作品があり、いずれもこちらまで追われる身になり、眠れば悪夢にうなされそうな気さえしたが、吉村さん自身に逃亡者としての経験は無いのにと考えていて、思い当たったのが、終戦前後のこと。

同年生まれながら、精神的に稚なかった私が海軍の少年兵となり、わけもわからず死に立ち向かおうとしていたのに対し、吉村さんは東京大空襲で死に追い廻され、逃げるのも命がけであった。

そして、戦後は胸を病み、肺を切開してピンポン球状のものを埋めこむという、いま思ってもぞっとする荒っぽい手術を受けている。

結果的には、この手術には問題があり、死の魔手から逃げ切ったのは、きわめて少数であったようだ。

そういえば、復員後、大学予科の寮に入った私は、志願して海軍に行った幼稚さを罵られ、何くそと眠る時間も惜しんで本を読み続け、そのあげく胸を病んだ。

病院では気胸療法しかない、という。

畳針のような太い針を胸に突き刺して、空気を送りこみ、病巣をおさえこむというのだ

が、私の場合、刺し通してはみたものの、

「癒着があって、空気が送れない」

と、旧海軍軍医の医師は憐れむように言い、匙を投げた。

私としては、これから太い畳針を再々突き刺されるよりは、死んだ方がましとほっとした。死がこわくないというより、死に親しむよう方向づけられた生活の惰性でもあった。

ところが、それから間もなく、化学療法が導入され、おかげで痛い目に遭うこともなく、健康を取り戻すことができた。私なりの一喜一憂、いや、一憂一喜である。

やはり同年生まれの結城昌治さんもまた、私と同様に海軍入りしたものの、一週間で病気を理由に除隊となり、はじめて知った海軍のリンチに明け暮れする生活に悩んでいただけに「地獄から生還した思いで、よろこんだ」ということであった。

しかし、やがて吉村さんと同じ大手術を受けることになり、闘病生活も長びき、「風が吹く日は、飛ばされてしまうから、外出しない」という軽量の身で飄々として生き、また飄々とした作品を書いて来たが、平成八年亡くなった。一喜一憂、一憂一喜にさらされ続けた私たちの年代であった。

あくせく知らず

一回限りの人生、少しでもあくせくしないで過ごしたい。

それがひとつには性格の問題であるとしても、何かあくせくしない心得というか、工夫は無いものなのか。

そうした思いでいるとき、よい本に出会った。佐高信著『葬送譜』（岩波書店刊）である。

一見、荘重で物悲しいタイトルだが、実際にはこの本の帯に在るように、〈「送る」ということは　まさに生の肖像である〉というとらえ方であり、いわゆる有名人の物故者の中から、その生き方の目玉というか、さわりのようなものを、巧みにつかんで紹介してくれ、おかげで一気に読み通し、あくせくしない生き方へのヒントのようなものを、私なりに知ることができた。

その一つは、凛とした気概というか、簡単にはぐらつかぬロマンを持ち続け、育て続けることである。

たとえば、淡谷のり子。

シャンソンやブルースを歌うには、ドレス姿が必要だとして、戦争中でも彼女はモンペ姿にならない。

このため、憲兵隊本部に呼び出されたが、

「女の服装をとやかく言うより、戦争に勝って下さい」

と切り返した、という。

その一方、戦後久しぶりにレコード吹きこみの話を持ちこまれ、飛びつきたいところなのに、その「星の流れに」という歌が「こんな女に誰がした」という風に終わるところが、すべてを他人のせいにするようでガマンできない、と断わってしまった、という。

圧力にも屈せず、絶好の仕事にもうなずかず、ましてや区々たる出来事に動揺することもなく、まさに大姐御《おおあねご》という感じで、九十年を超す人生を生き抜いてしまう。みごとという他はない。

ひょっとして女性のほうが男よりロマンチストというか、気概があるのではないかと思わせたのは、女優沢村貞子とその母の話。

沢村は「赤い女優」として治安維持法違反で逮捕されたが、裁判長の尋問を嘲笑したりしたため、素っ裸にして拷問されたりもしたが、耐え抜く。

一方、その母親は、逮捕される前の沢村の行方を問いつめられ、「お前の教育が悪い」などと罵られたが、

「まじめな娘がよくよく考えてしたことだから仕様がありません」

と言い返し、そのせいで、母親も一晩留置されることになったという。

母子ともにそろって凜とし、「くよくよ」とか「あくせく」といった言葉は、およそ彼女たちの辞書には無いかのようである。

ロマンとか志とかは、もちろんそうした劇的というか、苛烈な姿だけで現われるのではない。

戦後、キャラメルといえば、「森永」より「カバヤ」が有名という一時期があった。

そのカバヤの社長林原次郎は、人にすすめられて、著作権切れになっている世界の名作をリライトした本を、キャラメルについている五枚の券と引き代えに「おまけ」として渡すことにした。

体の栄養がカバヤキャラメルなら、カバヤ文庫で子供たちの心に栄養を、というわけであり、そこには商魂以上のもの、つまりロマンが感じられる。

そのロマンは、後継者である林原健氏に受け継がれ、「研究所」を名乗るだけに、採算を度外視した研究を進めている。

たとえば、軍事予算の削減のため職場を失なったアメリカの色彩とか光化学とかの研究者たちを引き取り、商品化を急がせはせず、二十年ほども勝手な研究を続行させた。

そして、その種のロマンが花開き、国内外からのロイヤリティ、つまり特許権使用料が主な収入というふしぎな組織であり、トップの林原さんとすれちがっても、所員たちはとくに頭を下げるというわけでなく、上下の別を感じさせない風通しのよさ。

一方、林原さんその人も好奇心旺盛で、蒙古で恐竜の骨を発掘したり、庭で数頭のチンパンジーを飼ったりしているという。

この話を耳にした動物好きの私は見たくてたまらなくなり、岡山へ。

そして、彼等と御対面したのはいいが、若者頭《がしら》風のチンパンジーが横飛びに飛んできて、いきなり私の手をつかむというか、はたくというか、手荒な挨拶を受け、おどろきながらも楽しかった。屈託とか、憂鬱とか、吹きとんでしまう。

あくせく除《よ》けにロマンと好奇心という例では、ソニー創業者の井深大さん。

インタビューの際、「初々しさが漂ってくるのが印象的」と佐高氏。

「大会社ノデキナイコトヲヤリ、技術ノ力デ祖国復興ニ役立テヨウ」と志したが、一方、子供のころから目ざまし時計を分解して大人たちを困らせた、という。

晩年は幼児教育に乗り出し、楽しみながら学習できる道具を開発したりと、好奇心旺盛であったが、私などの大人まで困らされるというか、痛い目に遭わされた。

エレクトロニクスと漢方を組み合わせた健康診断法を編み出した。ぜひ受けてみて——と、強くすすめられ、私はしぶしぶ、その診療所に出かけたのだが、かたい箸の先のようなものを足の裏に突き立てられ、涙が出るほど痛かった。

痛い目に遭わせての人間観察術かと疑いたくなったが、そうした疑念を持ちたくなるほど、井深さんは人間というものにも人並み以上の興味と関心を持つ人であったからである。


ロマンと好奇心といえば、久野収さん。

晩年のお宅は伊豆の山ふところに在り、竹林の賢人の住まいという感じ。

そこで、本また本の山に囲まれていると、不精者の私なら、そのまま引っこんでしまい、ある日、知人が訪ねたら本の下敷きになり果てていたという終わり方をするところだが、久野さんはそうではなかった。

「市民主義」というロマンもあって、伊豆高原駅まで夫人の車で送り迎えされたあと、列車を乗り継ぎ、東京だけでなく、沼津や三島での集いや催しに、暑い日も寒い夕も、足軽く、気も軽く出かけて居られたし、本や雑誌だけでなく、新聞にはさみこみのチラシ類まで丹念に見て居た、という。

「野垂れ生きることが大事です」と言って居た由だが、そこまで覚悟を決められては、あくせくの「あ」の字が頭を出す余地も無い。

平静さか開き直りか

私が妻と乳児を連れて東京へ移ったのは、まだ三十になるかならぬかのころ。

板橋の知人の紹介で、その近くに一間を借りることにしたのだが、移ってみると、約束とちがっていた。

たとえば、台所は共用でも、いつでも使えるということであったが、家主一家が使っている間はダメ。赤ん坊が泣いても、ミルクも沸かせない。

腹が立つやら、情ないやらで、茅ケ崎に住んでいた妹の家へ、相談かたがた出かけた。

すると、たまたまその近くに、同じ家賃で狭い庭つきの家が借りられるという。

直ちにそこへ移ることにしたところ、あいにく年の暮。いまのように引越し専門の業者もなく、トラック業者に頼んで、再引越しできたのが、大晦日。

ところが、私たちは意識しなかったのだが、当時その御近所では、

「若夫婦が夜逃げして引越してきた。けど、明るくてそんな風にも見えないし……」

と、話題になったという。

往時は一年なり半年なりの債務の支払いが大晦日に集中し、借金取りがかけ廻るわけだが、そこを夜逃げして身をくらませてしまえば、あとは何とかなる、という時代でもあった。

借金取りからの逃れ方には、さまざまあったが、簡単かつ意外なのは、若い日の井伏鱒二の「歳末閑居」と題した詩（『厄除け詩集』講談社文芸文庫）によると、梯子を庇《ひさし》にかけておいて、

「拙者はのろのろと屋根にのぼる
冷たいが棟瓦《むながはら》にまたがると
こりや甚だ眺めがよい」

と、まことにのどかというか、気楽な語りになり、こちらもその気分にさせられてしまう。

屋根に上った主人公は、そこで「ままよ大胆いつぷく」する。

この表現は、流行した軍歌の一節であり、それを転用というか逆用しているところも、心憎い。

雪どけ道をやってきた借金取りは、このため、「今日も留守だね」と、つぶやきながら帰って行ってしまう。

一方、妻と子は寒気きびしい中を出歩くことで難を避けていたが、

「凍えるやうに寒かつたかときけば
　凍えるやうに寒かつたといふ」
子供の答が、読む者の胸に痛い矢となって突き刺さる。
とはいっても、決してあくせくも、めそめそもしていないし、むしろ堂々と現実に向き合っている強さのようなものがあって、読者にゆるやかにその境地を味わわせてくれる詩でもある。

このようにたいていのことには動じない人のように見える井伏さんでも、原爆問題を書くには、よほど肚《はら》がすわっていなくてはならない。

戦争末期、広島に近い土地へ疎開し、ある被災者の日記を下敷きにしたからといって、簡単に『黒い雨』のような作品が描けるものではない。

人類がこれまで経験したことのない重苦しい大事件である。主として身近な自然や人間のことをうたい上げてきた年輩の作家の手に負えるテーマではない。では、何が——。

戦争末期、中国地方の山中に居て、上空を六十機ほどの米機の編隊が通過、福山を襲うらしいと見ると、井伏さんは、わざわざ近所の自転車を借り、十キロほどの距離を福山めがけて走り出した。

このとき井伏さんは三十代半ばを過ぎており、しかも福山に気がかりの人や用件があったわけでもない。

映画の今村昌平監督との対談（『井伏鱒二対談選』講談社文芸文庫）での井伏さんの言葉を借りるなら、

「これが福山の見納めかなと思った」

からであり、表現は不穏当だが、そうした強い好奇心というか、関心にかられて、動き出した、というわけである。

こうした下地があって、広島の空襲被害についても、提供された日記だけでなく、治療に当たった医師たちの記録に当たり、集まって座談をしてもらったりと、かなりの取材を重ねている。

加えて、井伏さんには、箇々の局面を超えて戦争を見据える眼があった。それは、作中に出てくる。

「正義の戦争より不正義の平和のほうがまだましじゃ」

という見方である。

足軽く取材に行くと同時に、腰を落着け、その眼でじっくりと事態を見据える。

事態は最後まで冷静に観察され、淡々と報告される。

事が事だけに、怒りや悲しみが噴出し、声高な叫びが、強い怨《うら》み節《ぶし》になりかねないところなのに。

そして、その平静さは、たいへんな力を発揮する。

川村二郎『幻談の地平』（小沢書店刊）によると、

〈そのようにして作られた記録の、強いられた平静さが、圧倒的に強力な外界に対する、主観の究極の自己主張として、なまじいな「主観的な」感慨の表白よりも、はるかに心に沁みる〉

その一例ということになる。

「平静」という言葉で、私はふっと我に返る。

原爆が落ちたとき、七つボタンの海軍特別幹部練習生であった十七歳の私は、皮肉にも火薬についての学科を受けていた。日露戦争のころ開発された下瀬《しもせ》火薬が相変らず世界で最強力という講義である。

そこへいきなり雷が十も落ちたような閃光と震動。次の瞬間、教官の姿は教室から消えていた。かねがね「沈着冷静」をやかましく言っていた御当人なのに。

そこで私たちも戸外へ飛び出ると、すぐ先の小山の向うに、まるい大きな雲があり、それが白金色に輝きながら、みるみる巨大になり、空いっぱいにひろがって行った。

何がどうなったのか、さっぱりわからない。訊ねようにも、「沈着冷静」氏の姿は消えたまま。

しばらくして、「どこかの発電所の爆発らしい」というのが第一報。広島までは井伏さんの場合と同様、十キロほどで、救援に狩り出されてもおかしくなく、事実、周辺の陸軍部隊は出動させられ、二次被害を受けたが、陸海軍の仲の悪さが、私たちを救った。何がどうなるかわからぬ。平静さというより、開き直って生きることになる私であった。

なんとかなるさ

先日、フランス大使館での不思議なパーティに出た。

パリで活躍した荻須高徳《たかのり》画伯と私が親しかったという縁で招かれたのだが、当日の主賓の関口俊吾画伯も荻須さんと同年代。

齢九十だが、いまなおパリで現役。その久々の来日を祝おうという会であった。

ところが、主賓はふつうパーティ会場の入口または中央に晴れがましく立っているはずなのに、その姿が無い。

よくよく目をこらしてみると、部屋の隅のソファに岩のように深々と沈みこんで居られた。

体重が年齢と同じ、つまり私の体重の倍近くあるというのだから、そうした出迎え方がむしろ自然なのであろう。

駐日フランス大使や歌手の石井好子さんなどのスピーチがあったが、畠ちがいのせいもあってか、来客はほとんど私の知らぬ人ばかり。

それに、同年齢のよしみとかで、主賓への花束贈呈役をつとめた老女もまた、見知らぬ人。

実は後でわかったのだが、このパーティを計画し設営したのは、ある有名企業のベテランというか、キャリア・ウーマンのSさん。

日本のフランス大使館でのレセプションに出ることが、関口画伯の老後の願いと知って、ボランティアとして奔走し、開催に漕ぎつけたということのようで、花束贈呈した老女は、そのSさんの母上。

つまりSさんは、しゃれた形で親孝行もしたというわけで、不思議というより、思わぬ美談を秘めたパーティでもあった。

会場には、この関口さんの絵が数点。

多年、セーヌ川沿い住まいというだけに、川や海を描いたものが多く、こちらまで舟に乗って幻の世界に旅立つ思いにさせられるような、体軀に似合わぬ甘く優しい絵である。

お人柄がそうなのかと思ったが、帰りに渡された『パリの水の味』（文化出版局刊）を読んで、おやおやと思った。かなり辛口の書でもある。

先の大戦では、ドイツ軍に攻めこまれ、フランスはあっけなく敗れた。

だが、関口さんによれば、フランスがポーランドと同盟を結んでいたせいで攻めこまれたまでで、フランス兵にははじめから戦意などなかった。

その証拠に、美術学校での同期五十人はすべて動員されたが、病死した一人を除いて、全員が無事戻った。

いずれにせよ、政府の責任によるものであって、こちらは、

「なんとかなるさ」

あるいはまた、

「したいことはしたい。したくないことはしない。さっぱりとこう割り切っているので、人の目を気にするようなことはない」

というのが、フランス人気質の由。


その一方、フランスはさすが文化国家を自称するだけに、文化や芸術の保護については、おどろくほど積極的であった。

開戦当初、軍では車が不足し、馬車まで使ったりしたというのに、芸術品の疎開や保護は開戦のかなり前から、すでに大々的に進められていた。

後でわかったのだが、絵画のほとんどとミロのヴィーナスをはじめ多くの彫刻は、はるかノルマンディーなどの六十数ヵ所の古城に分散疎開し、それぞれに専門家が派遣され、湿度などの管理に当たっていた。

このため、ドイツ軍が無血開城のパリへ疾風のような勢いでおどりこんできたとき、ルーブルに残っていたのは、簡単には運べないエジプトやアッシリアの巨大彫刻ぐらいであった。

もちろん、オペラ座の前をはじめ、各所にこれまた動かせない像があり、あるいは建物そのものの彫刻の美しい教会がある。

これらもまた損傷を受けることのないようにと、砂袋を山積みにして囲った。

このため、フランスの海岸の砂が全部無くなってしまうといわれたほどであった、と。

戦後、民主的な文化国家として生まれかわることをうたった日本だが、芸術や文化活動に対して、いったい行政はどれだけの保護や配慮をしてくれているのかと、あらためて嘆かわしく、また腹立たしくなる。

そうしたせいだけでなく、もともとフランス人が日本人を見る眼の冷たさは、相当なものの。

詩人のボードレールがある夜会で、

「このごろは、日本人という人種がパリに多くなり、フランス語をしゃべっている。そのうち猿も日本語をしゃべるようになるだろう」

と言ったという話も、披露される。

ゴッホの「ドクトル・ガッシェの肖像」など二点を日本人が買ったとき、「ガッシェ像地獄へ」という見出しの記事を書いた週刊誌もあった由。

もっとも、「ガッシェの肖像」はモデルに一回坐ってもらっただけで完成。もともとゴッホは筆が速く、六十四日間に七十一点描いた時期もあると知らされると、我々は絵についてもブランド信仰を持っていたのかと、考えさせられてしまう。

ところで、少しでも体重をふやしたい私は、関口さんの食生活についての話を楽しみにして読みはじめたが、そのうち手が動かなくなった。

行きつけのレストランへ行き、極めつきの料理として、

「蛙の小さいのを注文して、足をとって前菜として」

からはじまり、牛の尻尾、豚の足の酢漬け等々。

こちらは体が凍りつき、身ぶるいが出る。そこへ関口さんから号令がかかる。

「食い意地の張った人というのは、生きる姿勢に積極性がある」

と。その例として、パリに来た江上トミさんや高峰秀子さんは、あれもこれも食べられた、と。

なるほど、なるほどと、つぶやく一方、「桑原桑原」と私は目を蔽う。

ああ、やっぱり積極性無き私は、肥る見込み無し、か。

「でも、なんとかなるさ」

最後は弱々しくつぶやくばかりであった。

少し本気で

このところ、海軍の提督ものを読み続けて居り、その合間に、阿川弘之『七十の手習ひ』(講談社文庫)を手にした。

タイトルから教育問題か老後問題かと、やや緊張したが、失敗談が次々に披露されたりするのに引きこまれ、それに文庫本には珍らしい大きな活字が眼に楽で、一気に読み終えた。

この大活字使用は、阿川さんの言行一致志向によるものではなかろうか。

というのも、書中の「眼ごこと」と題する一文は、「少し本気で爺い婆あの眼のことも考えてくれ」で結ばれており、拍手したい気分になったからである。

私の場合、温泉の大風呂に入る直前に眼鏡をかけたところ、若い友人に笑われた。眼鏡をはずすのが普通なのに逆のことを、と。

近眼と老眼のちがいによるものだが、いずれにせよ、シャンプーとリンスが同色同型の壜に入っていて、しかもその文字が意地悪するように、阿川さんの言葉を借りるなら、「読まれたら損のように小さく」書いてある。

このため文字を読み違え、使用順序が逆になり、洗髪のやり直しをしたことが一度や二度でない。利用者が損をしている。

それでいて、「小さな字」という小さなことで一々小言を言うのもいまいましいと、一々腹を立てることだけを私は空しくくり返してきた。

そこをよくぞ物申して下さった、という思いがする。

それは、私の少年兵時代、恰好の良い青年士官を仰ぎ見た思いにも、どこか通じている。

ただし、その阿川さんが首の痛くなるほど見上げた人が、文壇に居た。志賀直哉である。

阿川さんの傾倒ぶりが痛いほどわかるのが、昭和二十七年初夏、志賀が生涯でただ一度の海外旅行に出かけた際の飛行機の時刻表調べの話である。

当時のＳＡＳ便の時刻表を苦労して入手したまではよかったが、そこに出ている時刻と志賀が留守宅に送った葉書に在る時刻との間に食いちがいがある。

なぜそういうことになるのか。真相はどうなのか。

いろいろ手を尽くしてみたが、その甲斐なし。

ところが、その当時、娘の阿川佐和子さんがワシントンのスミソニアン博物館でボランティアとして活躍しているのを思い出し、協力要請。

「親の威光のうしろに志賀先生の威光が光っているから、娘は渋々ながら承知した」と。

雲を摑むような話なので、成果への期待は高くなかったと思うが、数日後、「みつかりま

したですぞ!!」で始まる報告。末尾には、

「やったぜ!!」

父娘の心のはずみが痛いほど伝わってくる報告である。

それにしても、どうしてそんな細かいことまで知りたがるのか、という声が出るかも知れぬが、もちろん阿川さんが飛行機好きうんぬんというせいではなくて、少しでも道中の志賀直哉の身になり気分になってみたいという熱い思いのせいに思える。

当時、ヨーロッパへは、座席数四十八のダグラスDC6で、まる二日半もかかった。

ダグラス機といえば、私もそれから八年後、ニューヨークへ渡るとき乗ったが、日本人乗客は、ニューヨークへ赴任する商社員と私だけ。

そして、まるで邪魔もののように、最後尾の端っこに坐らされた。

途中、二、三度、給油のため降りたが、機内の小さな窓から滑走路を眺めているばかり。

そこへ当時就航して間もないジェット旅客機が着き、こちらより先に軽快に飛び立って行ってしまった。

飛行時間に大差があると知らされ、いよいよぐったりして窓枠にもたれていた記憶がある。

若い私でさえそうなのだから、高齢で、しかもヨーロッパへということになると、その間の機内での様子はどうだったのか。何を感じ、何を思って居たのか。

志賀を知り尽くしてしまいたい思いの阿川さんとしては、そこをカットするわけには行かない。むしろ、居ても立ってもいられぬ気持になり、せめて手がかりとして、発着時刻表をということになったのであろう。

その執念に感服すると同時に、気難しいところもあったであろうと思われる師と生涯にわたる交流を持つことができたという事実が、うらやましい。

私自身は、文学を志すきっかけが、巨大な組織が少年の生死を左右するというテーマであっただけに、むしろ英米の小説を身近に感じ、また詠嘆というか、詩の世界へまず馴染んで行った。

このため、散文芸術上の師との劇的な、あるいは永続する交流をついぞ経験することなく、今日まで来てしまった。

その機会もあったのだが、何か敷居が高い気がし、また生来無精であったことが災いして、ついついひるんでしまった。そのことを、いまになって後悔している。

軍国少年として、慌てて時代の前髪を摑んだせいでひどい目に遭い、そのことで懲りたように、戦後はさまざまなチャンスの前髪を見逃がしてしまった。

とはいえ、本書はもっともな憤りや美談続きというより、むしろ、「負け犬太郎」とか「ホノルル便り」「五十年目の手旗信号」などのタイトルからもわかるような、楽しいエッセイを満載している。

その中に「宇野広津志賀里見弴瀧井孝作」と、志賀の友人や高弟の名を戒名のように連ねた一文がある。

志賀を中央に全員集合という形だが、それらの人たちが、年や月こそ違え、全員そろって二十一日を命日にしているという「小さな不思議な物語」。

あまり気持のよい話ではない。

ところが、二十一日近くなると、親しい編集者に阿川さんの命日が近いというようなことを言われ、

「車にはねられたりしないよう、多少注意はしています」

と。

おやおや、話はすべてが本当なのか。ひょっとして、担がれているのではないか。そこで、不気味さが一歩後退した。

ほっとしながら、私は本稿を書き終えようとして、何気なくカレンダーを見ると、なんと、二十一日。そういえば、わが家の飼犬の名も「太郎」であり、声が出ぬ思いがした。

建物も物を言ひ候

「くつろぐ」というのは、その語感といい、平仮名で書いたときののびやかさといい、私の好きな言葉の一つである。もちろん、くつろぐ状態そのものも、大好き。

そして、私がいちばん手っとり早くくつろげるのは、一時間ほどで行ける箱根の温泉へ浸ることであった。

常宿にしているPホテルで、緑濃い風景を眺め、湯にのびのびと手足をのばせば、日ごろはりつめていたものが、一気にゆるむというか、融けて、流れて、去って行く。

ところが、この一年、それができなくなった。

箱根へは、いつも家内と一緒に出かけていたのが仇《あだ》になって、目に入ったとたん、ホテルの建物が物を言う。

ドアも、ロビーも、エレベーターも、廊下も、もちろん、いつもの部屋も。

そのドアも、テーブルも、ソファーも、すべてが語り出す。家内のことを、その家内が居なくなったことを。

これでは、とても湯に入ってのびのびくつろぐ、というわけには行かない。まさに「建物も物を言ひ候」である。

この表現、かつて新聞のコラムで紹介したことのある「品物も物を言ひ候」に由来する。靖国神社境内に、戦没者の手紙の一節を掲げる掲示板があり、少年兵が特攻前夜に両親へ書き送った手紙に、この言葉があった。

両親の思い出など残る品物の一つ一つ。

それらが死に行く少年に語りかけてくる光景が瞼に浮かび、私はしばらくその場を動けなかった。

ただ、ある時期から、掲示されるものに一つの傾向というか思想が感じられるようになり、掲示板への私の足は遠のいたが、それらを活字にした『英霊の言乃葉』が同神社から刊行され、私が持っているだけでも四巻あるのに、書き手のお名前を探し出すことができなかったことをお詫びしたい。

それにしても、「品物も物を言ひ候」とは、死を決したときの澄み切った眼でこそとらえられるものであり、その延長上で、品物だけでなく、建物にも、風景にも当てはまるみごとな表現ではないだろうか。

いずれにせよ、箱根へは足が運べないでいるが、その埋め合わせに、講演や取材に出るとき、宿やホテルはその近場の温泉の在るところを探す。遠距離の場合、交通機関の杜絶でひどい目に遭ったことが、以前に記したように、一再ならずあり、できるだけ前泊することにしているので。

そして先日、資料について教えて下さる方とお会いするため、東北へ出かけ、前泊して温泉につかり、久々にくつろぐこともできたが、その前後というか、道中は不愉快であった。

雪景色を眺めてうとうとしていると、いきなり列車内のスピーカーが高々と、「新しい車内サービスを始めました」と。

何事かと思うと、車内で十五分間千五百円でマッサージ師の「サービス」が受けられる、という宣伝である。

あるいはまた、「車内限定販売中のこれこれのケーキは、こんな風につくられているうんぬん」と。

失敬千万である。金を払って乗っているお客さまに対して、強制的に宣伝を聞かせる非常識、無反省。

飛行機内でも商品販売をやっているというが、一瞬のことで、くり返しは無い。

ところが東北新幹線車内では、ほぼ一時間おきに三度くり返した。

旅客運輸業のサービスといえば、「安全、正確、快適」に始まり、それに尽きる。

ところが、東北本線に乗り換えれば、列車はおくれる、「X号車のトイレは故障して使えません」。

それに、乗っている車輛の床下で、ときどき物凄い音がし、ショックがある。大事故になるかと心配したが、後で外から見てわかった。石のように固まった雪が、車軸にはりついている。

久々の大雪のせいのようだが、その備えも無しに、何が安全、正確、快適なのか。

駅ホームからの転落者を、駅員ではなく、客が救おうとして悲惨な死を遂げたのも、偶然ではない。

私の住む茅ケ崎は人口二十二万の都市なのに、朝のラッシュ時を除けば、東海道本線ホームに駅員の姿は無い。閑散時でも上下合わせて十本は列車が通り、加えて通過列車が何本かあるというのに。

監視カメラがあるというかも知れぬが、そこから駆けつけてくる時間を考えたことがあるのか。

同業の経営者であった五島昇は、

「金儲けは易しいが、経営とはちがう。世の中のためになって利益をあげるのが経営であり、だから経営は難しい」

と、生前、よく口にしていたが、その点JR東日本の経営陣は、完全に失格である。

失格の理由は、まだある。

人口の高齢化が進み、当然、駅のトイレはふやすべきなのに、東京駅など各駅が競ってトイレを潰して売店に。このため、客はトイレの前で行列。

そして、改札口にも階段にも至るところに広告。このため本来の案内が読みにくく、危険でもある。

世の中のためどころか、客を踏んだり蹴ったりであり、この暴走はさらにひどくなる。

十五年計画で湘南と常磐を通し運転にするというが、それはJRには好都合であっても通しで乗る客などめったに居ないし、これまで東京駅などで一列車やり過ごせば坐れたはずの客が、その選択の自由を奪われる。

さらに身近では、藤沢寄りの貨車用操車場の跡地に新駅をつくり、駅ビルその他のビルをつくって金儲けをという噂も聞く。客にはさらに乗車時間がふえるという苦痛を与えて、とにかくイージィな金儲け路線。それより湘南新線の建設に、十五年計画で挑んではどうか。

通勤ライナーの増発など、それなりの経営努力をし、駅員や乗務員の対応もよくなったことはたしかだが、それにしても、独占企業としてのやりたい放題というのは、頂けない。

監督官庁はグルだし、頼りになるのはマスコミと世論だが、記者によっては相変らず無料パスなどもらっているのだろうか。その辺の情報公開も急ぐべきではないか。

安らいだ気持

仕事が一段落すると、ぶらりと街へ出て、喫茶店へ行く。

不眠症気味なので、コーヒーを避けていたが、いまは昼夜不問の生活をしているので、ゆっくりコーヒーを飲む。

店内に流れている音楽は低い音だし、頭が休まると思ったのだが、ガサガサと新聞の音。このごろの新聞は紙質が良くなったのか、悪くなったのか、とにかく騒々しい。

気になって、その音の方向を見ると、六十前後と四十前後の女性が向き合って、スポーツ新聞を繰っている。

しかも、二人ともやや横坐りになり、足を大きく組んで。

母と娘の間柄らしく、遠慮が無いのであろう、読み終わると、今度はかなり大きな声での会話。

それも、何とかさんの戸の閉め方がわるい、音を立てぬようにそっと閉めるべきなのに、戸がはね返るほどの勢いで閉める——などと、これまた大きな声で。

何をか言わんやと、早々にその店を出て、仕事場に戻る。

そして、原稿を書きかけると、

「失業率△△パーセントが××パーセントになったというのに、政府は……」

と、某政党の宣伝車の大音声。

静けさあっての文化、思いやりあっての政治というのに、「我が党の主張を承われ」と言わんばかり。

しばらくは、仕事に手がつかない。

神奈川県では、条例により、ある音量以上の宣伝放送には、二年以下の懲役又は百万円以下の罰金が科せられることになっているが、政党の宣伝放送については当時の社会党などが反対したため、野放しのまま。その党の代議士が環境庁長官になったりしたのだから、静けさの価値などわかるはずがない。

このため市民としては、「音を出す店や街では買物しない。うるさい政党には投票しない」という対抗手段しかない。

ところが、そうした日本に、理想的な静けさを保証する場所があった。誰でも、そこへ無料で入居することができるが、ただし、「前科」がつくことが必要。

つまり、理想の住まいは刑務所内というわけである。

私も学生時代、刑法の講義の演習で一度、大学教師になってから、入試問題の印刷校正のため二度ほど、刑務所に入ったことがあるが、そこまでは気づかなかった。

ところが、吉村昭『見えない橋』（文學界二〇〇一年四月号）によると、刑務所内では、

「表面的には無表情と言ってもいい物静かな顔の者が多く、そのようなかれらにかこまれているると安らいだ気持になる」

ところが、「出所すると、男も女も甲高い声をあげ眼も落着きなく光らせていて、近寄りがたい恐れを感じる」し、すれちがう男たちに殴られそうな気がし、後から来る自転車がぶつかってくるのではないか、等々があって、

「そのような娑婆よりは、時間がおだやかに過ぎる刑務所にもどりたい気がして」

そこで無銭飲食などして、希望どおり再入所し、「安らぎに似た気持をおぼえる」と。

いやいや、再入所どころではない。この君塚という男、六十九年間に実に三十六回も服役していた。


吉村氏には、獄中生活や脱獄などをテーマにした力作が、いくつかある。

丹念な取材を重ねた上でのことなので、刑務所へはよく取材に出かけ、その縁で頼まれて、刑務所へ講話に行くこともある。

そのとき、迎えの車が来るのはいいが、

「刑務所からお迎えに参りました！」

と、大声で言うので、隣近所に誤解されそう——と、吉村氏は笑う。

つまり、それほど刑務所内の空気をよく知る吉村氏のことであり、「安らいだ気持」とか「時間がおだやかに過ぎる」という表現には、君塚某の言葉の安請合いでない実感があり、重みがある。


なるほど、なるほどと、こちらはうなずく思いだが、そうだからといって、罪になるほど無銭飲食する体力は、いまの当方には無く、時期おくれ。

それでは、これまでの我が人生で「安らいだ気持」になったことは無いのかと、自問自答してみると、無いわけではなかった。

たとえば、学生時代。読書三昧に明け暮れた。

予科・学部と通しての六年間、受験勉強などに妨げられることもなく、ただ好きな本を読み、詩などつくって、心はいつも安らいでいた。

その上、一年間は禅寺に住みこみ、二年間は教会を兼ねたYMCA寮で寝起きして、宗教的な安寧といったものを、ちらり覗いてもみたし、その一方、太宰治が通っていたという飲み屋で、月が六つにも七つにも見えるほど飲んだりもした。

刑務所生活に比べれば、はるかに多彩であったかも知れぬが、私としては「時間がおだやかに過ぎる」という感じでは一貫していた——。

ここまで書いてきて、読者のお叱りの声が次々と聞こえてくる気がした。

いわく、「自分の学生時代と比べるなんて、傲慢だ」「彼の落ちこんだ穴の深さが、わかっているのか」「彼は人生への不登校児。一般化するのは、おかしい」等々。

気の弱い私は、反論するどころか、「ごめんなさい」と、頭を下げて廻りたくなる。

もっとも、その一方、

「人さまざま。彼には彼の人生があったのさ」

「広い世の中には、彼の人のよさ、気の弱さのわかる人たちが居て、彼なりのハッピィ・エンドとなったではないか」

との声も聞こえてきた。

考えてみれば、私自身は読書三昧時代も禅道場時代をも、人生のただの通過駅にしてしまったのではないか。本物の人生とかかわりなく、人生を過ごしてきてしまったのではないか。

あれこれ考え出すと、酒でものみたくなるところだが、あいにくこのごろは、ひとり盃を傾けようという気もなくなった。にぎやかな喫茶店も苦手だし、となると「安らいだ気持」になれる先は、やはり……。

毎日が忘年会

「好きな仕事をして、好きな事を言って、好きな所へ行って、言うこと無いでしょう」

と言われることがある。

「外見はともかく、世間さまの思われるほどではない」と答えたいところだが、その辺を説明するとなると、話がもたつく。

そこで、「まあまあ、そうですね」

とうなずいて、受け流す。

すると、人間とはおかしなもので、こちらの満足が相手の不満になるのか、

「でも、何か足りぬというか、こうしたかったなどということは、ありませんか」

と、踏みこんで来られる。その際の答は、

「転勤生活というものを、一度でよいから経験したかった」

理由を訊かれれば、

「旅は好きだけど、どれほど旅をしようと、住んでみなくてはわからぬことがありますから

ね」

「住むならたとえばどこに」と訊かれれば、かつては「カナダ」をあげたが、これまた説明を要するので、このごろは「ハワイ」と答える。

ハワイなら、相手はうなずいて、

「なるほど、気候はいいし、果物はうまいし、日本食はあるし……」

と、その理由はそちらであげてくれる。たしかに楽園的な要素があり、大蔵大臣に向かって「もう君には頼まない」と、どなったりするほどの財界の大物石坂泰三が、アメリカへ行った帰り、必らず立ち寄り、一日ぼんやり海を眺め、アイスクリームを食べて浜を歩いたり、といった無所属の時間を堪能した場所でもある。

それにあやかったわけではないが、私も十数回、ハワイへ行ったし、マンションを買ってみたいと思ったこともある。

あるとき、ハワイのタクシー運転手を相手にそうした話をし、パーマネント・ビザのことに触れると、運転手は、三千万とか四千万円、アメリカ国債を買えば手に入るはずと言ったあと、アメリカ人と競合しない特殊な職業、たとえば日本の小説家なら割りに簡単に永住権がとれる、現にミスター・ヒラタという人が——と、名前まであげた。

私は驚いた。かつて私とよく似た世界を舞台にした作品を発表し、注目していたのに、その後、二十年近く消息を聞かなくなっていた。ハワイに住まいを移していたためか——と。

てのミスター・ヒラタこと平田敬氏の十九年半ぶりに帰国し『女ありて』(講談社刊)は、そのミスター・ヒラタこと平田敬氏の十九年半ぶりに帰国しての作品である。そして、それだけのことはあった。

おかげで読者もハワイに居る気分にさせられるし、その反面、「ビーチに坐っているのは一日で十分、二日坐ってたら頭がレンコンに」とか、「ハワイに三日いれば飽きる」などと聞かされ、兇悪犯罪こそ少ないが、車の助手席の窓から手をのばして観光客のショルダー・バッグを奪うなどという犯罪まで含めれば、犯罪発生率は全米十位内に入るなどということも知らされる。

そうかと思えば、いまや老女となった戦争花嫁が、突然、顔の皺が消えたり、鼻が高くなったりする。永住権を欲しがる日本人男性のため結婚入籍に応じてやった代価である——といった話も。

もっとも小説の本筋は、アドリブの天才といわれたタレントの事務所の経理担当の女性が大金を持ち出して、ハワイへ逃亡し潜伏。

このため、ポリスを退職した日系人が依頼を受けて、その女性を探し出す。その過程の中で、タレントと女性との関係が炙《あぶ》り出されてくる——というものだが、この作者はかつてはTBSのプロデューサーであり、ホノルルでもラジオのパーソナリティをつとめていたというだけに、日本の芸能界の内幕にも明るく、こちらもまた、いきいきというか、遠慮なく描き出してみせる。

テレビ、それは「毎日が忘年会」の世界であり、「広く浅く」がよく、「相手が怒ったら、どんどん謝る」。

タレントは自分を売るために「半分以上は本人かマネジャーの通報で写真週刊誌へ出る」、つまり、善悪を問わず、とにかく話題になりたがる。

「タレント仲間のスキャンダルを素っぱぬく暴言と教養のなさで売り出すチンコロ・ネエチャン」が居れば、「のたうちまわって人生を生きてきたババア・タレント」がこれに腹を立てて食ってかかる。

それは、「まともな仕事の人から見れば、所詮はマントヒヒとモモンガーの喧嘩」であり、「浮名もうけ」であると、痛烈。

アナウンサーまでが人によっては、

「舞い上がってタレント気取になると見る見るうちに人間が薄っぺらになる」

と、プロデューサーらしい身内批判も。


ところで、私のハワイ志向は、本書を読む前に薄れていた。

二〇〇一年一月のハワイ行きの際、珍しく寒波が来ていると聞き、長袖シャツとカシミヤのセーターを持参したのだが、その二点ともホテルの部屋から消えてしまった。

ハワイでは売っていない品物なので、無断永久借用されたと思う他ない。

ハワイではまた、取材のため、小型機をチャーターし、二日にわたって乗ったが、そのうちの一日は、二機で組んで上になったり下になったり。

私の乗機は、一九五七年製。パイロットは、その祖父がライト兄弟からサイン入りの操縦免許をもらったというパイロット三代目で、元気そのものの男であったが、一九二九年生。

いまとなっては、何となく背筋の寒くなる思いがする。

そういえば、民間人を潜水艦に乗せることがすでに珍しくなかったらしく、米潜水艦による水産高校生遭難事故よりも以前に書かれたこの作品に、「ハワイで潜水艦に乗るか」といったセリフが出てくる。

この本にはまた、“As a boy, So the Man”“What is done by night, appears by day”といった英文が引用され、「三つ子の魂、百まで」と「陰徳あれば陽報あり」に見合うとされているが、私はもっと深く、あるいはもっと広い意味に理解したい。おそまきながら私自身に言い聞かすために。

うらやましい旅

大阪での所用を終え、夕方の新幹線に乗った。

車内は割りに空いていたが、京都から客が加わり、私とは通路を隔てた席に、妙な表現だが、「できたての母子」が。

生後、三、四ヵ月といった乳児と、まだ学生らしさが残っている感じの若い母親で、ときどき泣き出す赤ん坊をあやす声も、やさしいというか、初々しい。

一方、私の眼前に突然、大きな両手が現われた。

リクライニング・シートを倒して体を預けた大男の客が、両手を組んで思いきり背を伸ばしてきたのだ。

たしかにそうすれば、背筋がすっきりするだろうが、五本と五本の太い指が加わって、後席の客の顔の前におどり出ることの不躾けさというか、奇怪さを考えたことがあるのだろうか。

いずれにせよ、横に赤ちゃん、眼の前に男の大きな手があっては、本など読めやしない。

そこで、やむなくというか、それをよい口実にして、駅売店で万一に備えて買っておいたハーフ・ボトルのワインをのむことにした。

窓外は、近江路の緑が、雨に濡れて目にやさしい。

思い出したように泣こうとする赤ん坊に、その度に小さな声であやすというか、語りかける若い母親の声もやさしい。叱るというより、「どうしたの」「何をすればよいの」と訴えるような形で。

私はその母子の今後の姿を想像してみる。

いまはよいのだが、数年後、「昔々、川を大きな桃がどんぶりこ、どんぶりこと流れてきて……」などと、やさしく、のびやかに語りかける光景があるだろうか。

無ければ、代わりにどんな会話が……。いや会話そのものがあるのだろうか、などと。

母子の将来の会話に思いがとんだのは、数日前に読んだ松原喜久子『あの海のひみつ』(KTC中央出版刊)という本の印象が、強く残っていたからである。

それは、母と子の間よりさらに年齢差のある祖母と孫との間の爽やかな交流を描いたもので、外地(旧満洲)での小学校時代からの旧友である老女三人が、それぞれ小学生の孫を連れ、海を見に敦賀の近くへ一泊旅行しようということになる。

孫たちはよろこびはしたが、しかし、次々に疑問を持つようになる。

三家族とも太平洋岸の都会に住んでいるのに、なぜ海を見るために日本海まで行くのか。

昼食は駅弁のはずなのに、白い御飯に梅干の握り飯を一つつくり、缶コーヒーでなく、沸かしたコーヒーを水筒に。別の水筒にはお酒まで入れて持参する。

孫たちは首をかしげながら、北陸本線で敦賀着。そこでローカル線に乗りかえ、小浜へ。

その駅前の眺めは、

〈ひとつひとつのものには、ちゃんと色があるのに、全体の景色は、モノトーンの世界のようだ〉

と、巧みに描写されている。

そして、お米屋、呉服屋、仏具屋、乾物屋、下駄屋、八百屋、金物屋、漆器屋……。

おばあさんたちは「なつかしい」を連発し、

「これが人間のくらしよね」

「人のくらしのにおいがある!」

と叫ぶ。これに対して孫たちは、

〈ほんと、おばあちゃんたちはおおげさなんだから〉と思い、「いい気なもんだよ。荷物全部をぼくたちに持たせて」と、ぼやいたりする。

つまり、声に出そうが、出すまいが、そこにはいかにも人間くさい語らいがあり、読んでいるこちらまで、その中に居るように楽しくなる。

空印寺という古寺に詣でたり、人魚を食べた罰で八百歳になっても死ねない人が閉じこもったという洞窟を訪ねたり。

そうした由来を、孫たちは一々読む必要が無い。

〈おばあちゃんになると、なんだって声に出して読むみたい〉

だから、「ふん、ふん」言っておればいい、というわけ。

おかげで、こちらも「ふん、ふん」うなずきながら、この楽しい旅に仲間入りして行く。

一泊し、次の日、いよいよ海へ出る。「若狭フィッシャーマンズ・ワーフ蘇洞門《そとも》めぐり」という五十分間のクルージングである。

そして、船が湾を出たところで、おばあちゃんたちは、

「この海、あの海に続いているのよね」

「お酒のんだことないでしょ」

「このコーヒー、いっしょに飲みたかったわね」

などと口々に言いながら、持参してきたものを、ほんの少しずつ海に落とすというわけで、本の紹介はここでとどめたい。

戦争を知る人なら、察しのつくことであり、そうした人たちに訊ねてほしいし、それがまた、年齢を隔てた人たちの間の新しい語らいのタネになることを願って。

この本は児童向けのようでもあるが、私たちも旅を楽しみながら、しみじみ考えさせられる戦争文学作品になっている。

それというのも、あるときは祖母たち、あるときは孫たちと、著者の目線の高さが一々移動しているからで、おかげで私たちもまた一緒になって、旅館の大風呂に入ったりする。

そういえば、大風呂の湯が「クポクポと泡を立てている」という表現がある。擬音語《オノマトペ》は手垢がついた感じになりやすいが、この表現は新鮮であり、このとき著者は子供になり切っていたのであろう。

三人の少年の中で、主人公として描かれているのは、小学四年生のユータローだが、どこかへ出かけるときには、必らずメモとペンを持参するよう躾けられている。

「いつもメモができるようにね。気づいたことや、なぜ、って思ったことはメモするのよ」と。それにいまひとつ、「自分で調べなさい」とも。

「そうだ、そうだ」と、私も小学生に戻って、またうなずいていた。

「ホーム」とは

『ティファニーで朝食を』では、すばらしい才気と感覚を披露し、そのあと数年かけて、前作とは異質といってよいほど丹念な調査による重厚な社会派的ノンフィクション『冷血』によって私たちの目をみはらせたのが、トルーマン・カポーティで、私も仲間との読書会で両作ともテキストとしてとり上げ、それぞれ半日かけて議論し合ったもので、議論は議論として、評価は「全員脱帽」と、最高点であった。

ところが、それから先がはかばかしくない。

これはという作品は生まれず、スキャンダルばかり伝わって、そのあげく、アメリカの文壇というか出版界から袋叩きも同然の目に遭わされて凋落し、まだまだ若いのに、文字どおり「墓穴の中」の人になってしまった。

あれほどの才能、そして一時期とはいえ、あれほど粘り強く集中的な取材活動もした人が何故に——と、私は首をかしげたが、その一方、私なりに簡単というか、常識的な答も出していた。ドルの重さに負けたのではないのか、と。

実は、そんな風に思わせる先例があった。これまたデビュー作が世界的ベストセラーになった『かもめのジョナサン』(新潮文庫)の著者リチャード・バックである。

『現代』誌の「アメリカ対談紀行」(後に『プロフェッショナルの条件』として講談社刊)では、私はトップにバックと会うことにしたのだが、実はこれが意外に手間どった。バックが転々と動いていて、連絡がとれぬというのである。

このため、対面が実現したとき、私がまずバックに訊ねたのは、「あなたのホームはどこか」ということであった。

バックは微笑して答えた。

「それは雲の上だ。ホームとは、何かに縛られているという感じの無い場所のことだから」

以後、奇抜というか、なるほどと思わせる言葉を連発するのだが、彼に指定されたその会見場所がラスベガスのホテルであり、彼はそこへ「フレンド」と称する美女を伴ない、自家用機を自ら操縦して降り立ったのである。

いや、正確にいうなら、彼がオーナーである「小さな航空会社」の所有機の中の一機を操縦して。

世界的なベストセラーの印税に加え、各出版社が競《せ》り上げた次作のための巨額な前払金《アドバンス》は、そうでもしなければ、つかい切れなかったのである。

彼は経営には直接タッチしていないというが、いずれにせよ、執筆以外の仕事が一つふえた形。

それに、前払金に応えるためには、書きたいテーマよりも、売れそうなテーマへと目が行きかねない。

彼自身は一部のヒッピイ同様に禅に興味を持ち、次作として、禅にひきこまれて行く若者の話を書き、送られてきて私も読んでみた。半ば心配しながら。

というのも、学生時代、私は禅寺に住みこみ、その世界に入りかけたのだが、そこでは個の救済はあっても、人間とか社会とかが見えなくなりそうなので、一年でそこを出た。いずれにせよ、芸術と宗教という二人の女神に同時に仕えることは難しい。どちらも、無定量・無際限の努力というか、献身を要求するものだからである。

率直に言って、私の読後感はいまひとつであったし、広く世に受け容れられるということもなく、最近ではこのベストセラー作家の名を聞くことも、ほとんどなくなった。

カポーティに話を戻すと、彼は流れこんできた大金を社交界での活躍に振り向けた。

作品が出ないときには、テレビなどの世界でとにかく話題になり、名前を忘れられぬようにしておけ――という「常時出演説」は、日本の文壇でも、かなりまじめに唱えられたりもしたが、そのアメリカ版ともなると、乱痴気騒ぎも、格段のものになる。まぶしく、華々しく、騒々しく、ときにまじめな読者には眼をそむけさせるほど苦々しいものにも。

カポーティには、出版界への売りこみ役であるエイジェントとして、作家くずれの女性がつき、いろいろ工作したり苦言を呈してくれたりもするが、一方では彼女は彼の愛人にもなり、さらに麻薬とかゲイとかの趣味も噂されて、たしかに「常時出演」ということになって行く。

カポーティは、そのあたりのことを『叶えられた祈り』(川本三郎訳、新潮社刊)として書き、発表するが、物議をかもし、文壇だけでなく、社交界からも追われるように作家のゲイを主人公とする形で、この作を描き続け、自らは「大作家」と思っているのに、上流階級の人間からは、「ただの〝面白い道化〟」扱い。

友人や仲間たちを次々に失ない、ついに五十九歳でカリフォルニアで客死することになった、と。

その意味で、カポーティはバックの言う「ホーム」を文壇でも、社交界でも、また彼自身の生活に於ても、ついに味わうことなく、人生を終わったということである。

では、カポーティ自身、人生に於ける「ホーム」つまり「何かに縛られているという感じの無い場所」を、ついぞ求めることがなかったか、というと、そうではない。

カポーティは、この作品の末尾で、登場人物である一人の女性が求めた晩年の暮らし方という形で、「ホーム」を美しく描き出している。

異性では気をつかうというので、彼女は暮らし相手として、友人である一人の女性を選ぶ。

その女性は、美しいのでも、可愛いのでもないが、「頭がよくて冷静で清潔」であったし、「彼女はいつでも地球のはじめての朝のようにさわやかだった」と。

いいことを言うと、私は大きくうなずいた。

それは、どこにでも居そうで、現実には意外に存在しないかも知れぬが、理想のホームの同居人としては、最高かつ必須の条件であることが、よくわかる。

いや、そうした女性は現実に存在していて、サンタフェ近くの「小さな山のなかの日干し煉瓦造り」の広い家に住み、「灌木のたき火やインディアンのおまじないの人形」に囲まれた中で、二人でタコスを作ったりし、その結果、「学校時代に戻ったみたいにきれいな目になっている」という。

カポーティは、「ただの〝面白い道化〟」では描けない「ホーム」を見せてくれたのである。

いちばん美しい姿を

愛する伴侶の最期を見守るという悲しみの極まるとき、ひとにいったい何ができるというのであろう。

私は手をにぎって、そのときが少しでも遅れるようにと、ただただ祈るばかりであった。

肺結核が「死病」とされた時期、肺葉切除という新しい手術が行われはじめたものの、これが極めて危険性が高かった。

このため大病院でも、それがそのまま最後の別れになるかも知れぬというので、麻酔をかける直前、伴侶など最愛の人と会わせておくという措置がとられた。

ところが、ある会社員がそうした時点になったとき、やってくることになっていた夫人が、一向に姿を見せない。

やむなく、麻酔をかけようとしたとき、ようやく夫人がかけつけてきた。

しかし、その姿を見て、病院関係者は「アッ」と言うばかりで、次の言葉が出なかった。

〈見れば今、美容院から出て来たばかりと思われるきれいな髪、美しい着物姿であったか

ら〉

それというのも、

〈夫の最後の瞳に愛妻のいちばん美しい姿を焼き残しておきたかった由〉

と、三木睦子『心に残る人びと』（岩波書店刊）は伝える。

まるで歌舞伎の名舞台でも思わせる光景である。

もともと、きれいな女学生と、若い美丈夫が結ばれてのうらやましいほどの夫婦。

〈この着物に帯はこれ、ハンドバッグはこれを持てと、ご主人がすっかり選んで、着飾った妻を伴うことを好まれたと聞いていた〉

ということなので、手術室への晴れ着姿での登場は、最後に夫を喜ばせるためであったわけである。

著者はまた、親しい芦田元首相夫妻の間柄に似たようなものを感じて、

〈常に美しくあること、これは夫の献身に対する妻の返礼とも言うべきものではなかったか。大口を開けて笑うなど、そんなはしたないことをなすってはいけません、お顔が皺しわになりますヨ、とおっしゃる〉

などと、芦田夫人の考え方や言葉も紹介している。

なるほど、夫婦とはそういうものなのか。

私は「ウーン」と唸る思いになったが、「いや、そういうものであったらしい」と、とり

あえず現在形でなく、過去形で考えることにし、ようやく人心地をとり戻した。

一方、街や電車の中で見るこのごろの若い女性たちが、いずれ次々に「皺しわ」の「お顔」になるわけだが、それを見るためには、こちらは、きんさんぎんさんぐらいに長生きしなくては——などと、またまたつまらぬことを考えてしまう。

あらためて紹介するまでもなく、著者は三木武夫元首相夫人。教養人であり、スタイルもよく、国の内外でファースト・レディ役を数々こなしてきたひとであり、各界の著名人やその夫人の素顔というか、意外な横顔が次々に紹介され、これまた驚かされたり、考えさせられたり。

その一つ、土井たか子さんなどと結成した「アジアの平和と女性の役割」という会が、一九九二年九月、ピョンヤンで開かれたときの話。

「滞在中の費用の心配は一切無用」とのことで、会議や金剛山などの観光があり、そして昼食会。

「広い円型の食堂、緑ゆたかな庭の上につき出たような形で、総ガラス張りのゆったりした広い場所」で鶴の肉まで出て、「出て来るお料理の豪華なこと」。

「みんな嬉しく楽しくなって」そのあげく、「腕を組んで踊り出した」。

ただ金日成主席は、

「私たち年寄りは、立って踊ったりせずに話をしましょう」

と、五歳年少の著者と南北統一問題などについて語り合い、その後また、著者は今度は三人の孫を伴なって訪朝。

このときは、車で二、三時間の温泉地に招かれ、フランス料理風に一品一品運んでの食事。そして、

「渥美清の寅さんはみんな見ているよ」

と、金主席。

強持《こわも》てする面ばかり報されてきたせいか、おやおやというか、なるほどというか。

さらに著者の孫たちに向かって金主席は、

「君たちはお父さんもお祖父さんもいないのだから、私を祖父と思って毎年遊びにおいで」

とまで。

その金主席がそれから三週間経たぬうちに亡くなろうなどとは思ってもみなかった、と。

相思相愛といえば、著者御夫妻がまさにそれ。夫君は苦学して地方紙の記者となり、三十歳で初当選して以来、衆議院議員在職五十年。東条内閣時代の翼賛総選挙にはあえて非推薦の身で出て当選するなどの硬骨漢で、政党政治の浄化が、その念願。

少数派でもあり、それだけに宰相には成れぬと見られていたのに、いわゆる賢人政治家たちの裁定によって、突然、首相に選ばれたところなど、今日の小泉総理の誕生を思わせるも

のがある。

ただ、近寄り難い勤倹力行の人のように思えたが、実は買物好き。子供が生まれたときは、夫人の枕もとに「御礼だよ」と洋服地。戦後の次男のとき戦中、長男誕生の際は、満洲出張で手に入れたという真白なフラノ地。は畝織《うねおり》の生地。

私などには何のことだかわからぬが、それだけでなく、夫人の洋服はすべて夫君が選び、しかも用寸を記憶しての注文でぴったり。

仕事帰りにスーパーの紀ノ国屋で、夫君は車を停めさせ、選んで籠に入れて、夫人は「レジでお金を払うだけ」。

私は『賢人たちの世』(文春文庫)を書き、三木首相について少しは調べたつもりであったが、「えっ、そこまで」と、びっくり。

当時は雑誌ジャーナリズムが活発でなく、記者クラブや番記者など、放送・新聞関係の報道は、人間くささより、大物らしさを報道するばかりであった。

人間的な話の数々を知ったら、世間は三木首相にもっと親しみを感じたにちがいないのに。

雑誌ジャーナリズムを抹殺しようとする「個人情報保護法」など、全くとんでもない話である。

ポカーンとして

不況続きとはいうものの、海外旅行に出かける人の数は、いつも前年を上廻る勢いという。いや、他人事ではない。私も、少しこの目で確認しておきたいことがあって、サンフランシスコ、ニューヨーク、ウィーン、インスブルックの四都市、つまり北半球を十日間かけて一周してきた。

七十四歳の独り旅であり、子や孫たちは心配した。たしかにいろいろ小失敗があり、「毎日が日曜日」ならぬ「毎日が物忘れ」。「毎日が物探し」しているうちに、十日経ってしまった。

その四都市に共通するのは、私たち夫婦が気に入り、静養するために、つまり、永六輔さんの『二度目の大往生』（岩波新書）の言葉を借りるなら、「一日中ポカーンとしている」ために、再三出かけた先ということである。

「それにしても、インスブルックとは」

と、よく訊かれる。

海抜五百メートルに在る静かな古都で、三千メートルに近い山々に囲まれ、ホテルの窓から雪渓を眺めることができる——と、説明しても、それならスイスの都会と同じだろうという顔をされるが、たしかに、いま一つ理由があった。そこが、横光利一の大作『旅愁』(上・下、講談社文芸文庫)の舞台となったチロルの中心地であるからである。

そのことについては、すでに第六稿「にここにこした幸福な国」で紹介したが、では、その町でかつて私たちは一日中どんな風にして、ポカーンとしていたのか。

宮殿や凱旋門など一瞥すればよく、二度と訪ねなかった代わりに、町の名の由来となったイン川の堤を歩いたり、岸辺に佇んだり。

氷河の溶けた豊かな流れは、牛乳色に光り灰色にくろずんだりして流れ続ける。波立ち、うねりながら、流れる。

何千年前、あるいは何万年か前、一つの氷河であった仲間たちが、肩寄せ合い、もみ合い、ささやき合い、押し合いして流れて行く。

氷河の眺めといえば、アラスカ海岸で巨大な氷河の壁が海に崩れ落ちるさまは、たしかに壮観であり、轟音や水しぶきなども加わってのスペクタクルだが、どちらかといえば、絵葉書的。

それに比べれば、イン川の流れは、人間くさい親しみを感じさせた。人間世界の中を流れることを喜び、また自慢しているようにも見え、その自慢に応えてやらなくてはと、こちらを佇ませた。

インスブルックでの別の一日は、街近くの山の中腹に在る小動物園へ出かけ、長い時間を過ごした。

アルプス高地の山羊が居たりはするがとくに珍らしい動物を飼っているわけではなく、ごく平凡な動物園で、客の姿もまばら。

それがかえって、こちらを「ポカーン」とさせてくれるのに適して居り、夫婦でベンチに坐って、何でもない動物や人類という名の動物を、ときに品定めなどしながら、見るともなく見ていた。


そうしたポカーンとした時間が、今回は得られなかった。世界的な観光の時代に入ったせいで、イン川のほとりに出るまでには、観光客やそのグループの中を、もがき出るようにしなければならない。

それに、川のほとりで一人でいつまでもポカーンとしていたのでは、自殺予備軍の一人と見まちがえられる。

一方、小動物園を組みこんだ安いクーポン券などがいまは売り出されており、そちらも、やはり人出が予想され、そこで長時間、ポカーンと一人で過ごしていれば、これまた変人というか、珍種の動物扱いされ、檻の中へ連れこまれかねない。

これまで日本人の姿など見たことのないインスブルックの街であったが、今回は日本人観光客のグループが、宿にも街にも溢れていた。この点でも、大きな顔してポカーンとできる環境ではなくなっていた。

そこでどうしたか。

常宿のホテルが駅前なので、一日はチロルを東へ行く列車に乗り、一時間ほど先の駅で下りてみた。

緑濃い丘を望む小ぢんまりした田舎町。土産物屋などは無く、別荘生活者や年金生活者の町という感じであり、町はそれなりの町の機能、町のリズムで生きていた。

このため、他処からの風来坊が来て、ポカーンとして居られるような場所が見当らず、私は浮浪者同然にうろつき廻ったあげく、振り出しに戻って駅待合室へ。

そこで時計を仰ぎながら、帰りの列車を待つ仕儀となった。

次の日は、今度は西行きの列車に乗ってみて、一時間ほど先の駅まで。

岩山の迫る道中の眺めはなかなかのものであったが、小さな駅舎から出てみると、道路と岩山ばかりで、街など無く、はるかに離れて一戸の民家が見えるだけ。

もし、ポカーンとして道を歩いていれば、ドカーンと車に突きとばされ、永久にポカーンの身になる。

あきらめて駅前のベンチに坐り、空しく岩肌を見上げ、走りすぎる車の排気ガスを深呼吸。

肌にも体にもよくない中で帰りの列車を待ったのだが、やはり時計の針の動きはおそかった。

ようやく、インスブルック行きの列車が来た。

客室はコンパートメント式で、どこもふさがっている。空室をやっと見つけ、入ってみると、廊下からは見えなかったが、大男が眠っていて、不機嫌そうに身を起こす。そして、ぼやいた。

「昨夜はトラックの運転をしていて、一睡もできなかった。軍隊というのは、まだ半年だが、ひどいところだ」

「日本の軍隊も同様。私は十七歳の兵士だったが」

彼はまじまじと、異国の加齢した男を見直し、「そうか、そうか」と、うなずく。

おかげで、こちらは何より忘れていたい時代のことを思い出させられ、いよいよ、ポカーンとくつろぐ気分ではなくなった。ポカーンとするのは易しそうで難しいいまの時代である。

魂が戻って行く

「生死事大」という。

三年がかりで特攻を取材してきた私にとっては、とくに身につまされる思いのする言葉である。

その事の重さは、妻子を持つ隊員たちはもちろん、まだ十五歳で出撃させられた隊員たちにとっても、大きく変わることはないであろう。

それほど、生と死を隔てるものは大きい。

かつて私は水上機特攻にふり向けられる少年たち予科練生をテーマに『一歩の距離』（角川文庫）を書いた。

全隊員を集合させた上で、隊長は大声で言う。

「志願する者は、一歩前へ」

そこで一歩前に踏み出した者と、踏み出さなかった者との間には、一歩どころか千歩万歩、この世とあの世を隔てる気の遠くなるような、気を失ないそうな距離が生じた――という物語である。

そして、さらに、二十代前半の青年指揮官。妻子もあり、人生という花の美しさを知った人たちの生死を分かつ物語を書くに当たって、あらためて生死を隔てるものの重大さを、しみじみ感じさせられた。

それはもはや言葉では説明できないことだが、一つだけ例をあげるなら、次のような話を知らされた。

特攻出撃直前、ある基地では、最高位の司令が次のような訓示というか、壮行の辞を述べた。

「諸子は、すでに生きながら、神である」

と。司令としては讃え、また心慰めるつもりであったろうが、隊員たちには不評であった。

というのも、司令の訓示は毎度きまりきっていて、さらに、

「諸子たちだけを死なせはしない。本官も後から諸子を追う」

と続ける。

そして、毎度、「後を追う」とくり返すばかりで、その動きはない。

自らは死と縁遠い安全地帯にとどまっていて、しらじらしく、よくそんなことが言える
――という反感がくすぶっており、たまりかねた指揮官の一人が、上司に当たるその司令に

詰め寄り、壇上から引きずり下ろそうとした、と。大江健三郎さんの新著『「自分の木」の下で』(朝日新聞社刊)によると、大江さんの兄が予科練隊員で、特攻出撃を間近にして居り、それだけに、少年ながらに、生死の問題を身近なものに感じていた、という。

そうした大江少年に、祖母のフデが、ある日、語って聞かせた。

森の中には数多くの木があるが、人にはそれぞれ「自分の木」というものがある。人が生まれるとは、その「自分の木」から魂が下りてきて、人の体の中に入ることであり、逆に「死」とは、

「身体がなくなるだけで、魂はその木のところに戻ってゆくのだ」

と。

重苦しさのない、すてきな語りであり、すてきなたとえである。

名をあげるのは控えるが、西日本の名刹《めいさつ》の高僧が、病んで臨終のときを迎えた。遺偈《ゆいげ》といい、高僧が後世に伝え残す言葉を聞こうとして、弟子たちが枕もとに参集した。ところが、息を引き取る直前、高僧の口から出たのは、

「死にとうない」

の一言だけ。弟子たちはあわてた。それでは凡俗の徒のつぶやきと同じ。とても遺偈と呼べるものではない。

何か言いちがいか、勘ちがいではないのか。

このため、おそるおそる、もう一度訊ねてみた。

「何か他に……」

高僧は答えた。

「ほんま、死にとうない」

と。

笑話ではない。私はむしろ、その高僧に好感を持つ。ためらいも、てらいもなく、真実だけを語っている。それほど「生死事大」なのである。

といって、「天国へ行く」とか、「仏になる」と言われても、実感が伴なわないし、そこへ向かう道程の講釈を聞かされても、釈然としない。

そこで、大江フデさんの語りを思い出す。なるほど、生死とは、魂が「自分の木」へ出入りするだけのことではないか。

まるでピクニックに出かけて、帰ってくるぐらいの感じになり、ウーンと唸らされ、気は楽になる。この祖母にならって大江少年には語りの才能があり、殺される運命の仔アザラシを救って育て、氷原を連れ歩く――といった物語を子供のころつくって、話したりする。

それに、後年、障害のある男児が生まれ、「光」と名づけられたが、一家の支えもあって、障害を克服し音楽に生きる――これがまた、まるで詩か童話のようで、周囲までが、光にまぶされた感じになって行く。

つまり、本書は童話風の物語といってよい大江さんの自伝でもある。

著者にもその配慮があって、外国での講義や講演活動について、またノーベル賞受賞前後の模様について、隣人の土産話と感じさせるほど、わかりやすく説いている。

このため、少年から老人までが気楽に読め、著者をある程度知っているつもりの私も、おやおや、こうした面もあったのかと、おどろかされる思いがした。

それに、表紙の画をはじめ、書中の数多い絵が、優しく美しく語りかけてきて、それがまた、読者を引っぱって行く。「画―大江ゆかり」とあるのは、夫人のことであろう。

その意味では、一家をあげてというか、一家総出演での著作ということ。そのせいもあって、さらに明るい本に仕上っている。

数多い大江作品の中では、主人公に著者自身を感じさせ、いわば森にからむような感じの作品が、みずみずしくもあって、私は愛読してきた。

その一方、私にとってはかなり難解で、とっつきにくい作品群があった。

わかりやすい自伝でもある本書によると、著者は、これはと思う外国作家、それもかなり前衛的な作家の一人を選んで、二、三年かけ徹底的に集中して研究し、その上で、それを踏まえた作品を書いた、という。私などがついて行けぬのも当然で、頭が悪いせいかと思っていたが、そのことでも、ほっとさせられる本であった。

齷齪《あくせく》と走り続けた男

書庫の棚を整理していて、おもしろそうな本を見つけ、ベッドサイドへ持ってきた。例により、一日を終わり、眠り薬代わりに楽しく読むために。

数点持ってきた中に、バッド・シュールバーグ著、小泉喜美子訳『何がサミイを走らせるのか?』(新書館・一九七五年二月刊)というのがあった。

シュールバーグには、社会性があり物語りも達者で、映画化された『波止場』という作品もあり、一時期、私も興味をそそられたが、とくにこの作品はタイトルそのものにも魅かれて読んだ記憶があり、事実、ところどころに書きこみを残していたが、さて、どんな内容であったのか、はっきりおぼえていない。

タイトルからすれば、主人公の人生は齷齪そのものの手本のような生き方をした感じであり、その道中や行き着く先をあらためて知りたくなった。

それに、四半世紀前にこの本を購読した私自身を再確認するというか、点検してみるという楽しみもある。

もっともこの本、小さな活字の二段組みで、三百ページを超す。寝ころんで読むには重すぎ、途中で投げ出すかと思ったが、結局、最後まで読まされた。

主人公のサミイは、新聞社のメッセンジャー・ボーイ、週給二十ドルの使い走り役である。

小柄で貧血症気味。細おもてで唇が厚い。このため、まるで「白いたち」が走り廻っている感じだが、ただのいたちとちがうのは、託送中の原稿を読み、行数不足と見ると、勝手に原稿を書き加えてしまう。二宮金次郎のアメリカ版というか、それ以上である。

このため、見習記者への道を用意してやろうかと言われるが、憤然として断わる。一生かかって大記者になったところで、週給四十五ドルでしかないではないか、と。

生意気だが、大望を抱き、がむしゃらに走り続けて、過去をふり返らず、むしろ、まだのろまだと、自身に悪態をつく。

「走ってるあいだが、ぼくの勉強時間」

と言い、過去をふり返るなどということは、一切しない。

それでいて、まわりの雑音に耳をふさぐというわけではない。役に立ちそうだと思えば、他人の批判や忠告にも、耳を傾ける。

「自分の人生の領域がひろがるから」と。

このあたり、なかなか殊勝という感じもあるが、やがて友人の脚本家がハリウッドを目指すと知ると、地味な新聞社生活を棄て、華やかな大成功を夢見て、自分もハリウッドへ移ってしまう。

といって、サミイに文才があるわけではなく、むしろ人脈づくりに走り廻り、脚本書きの機会をつかむと、ほとんど友人に書かせておいて、脚本家として自分を売り出してしまう。

マスコミ工作は得意だし、お偉方《えらがた》の意を汲んで、組合工作も齷齪と。

この結果、自分の名でのヒット作を幾本も出し、撮影所の重役となり、ついにはハリウッドの後援者である大富豪の美しい令嬢と結婚する。

さらに、華々しい新婚旅行の予定を新聞記者たちに吹聴して、書き立ててもらおうとする。

なるほど、齷齪齷齪《あくせくあくせく》もそこまで実を結べば悪くはない——と、思わせがちだが、もちろん、ハッピィ・エンドとはならない。

花嫁はとびきりのあばずれで、新婚早々、愛している若い男を、新居である豪邸へ引きこみ、サミイの怒りは、鼻先であしらわれてしまい、新婚旅行プランなどもキャンセルされてしまう。

齷齪続きの疲れもたまって、このころにはサミイも人並みに、おだやかな家庭生活に慰めを得ようとしていたのに、夢は吹きとぶばかりか、新婚旅行取りやめ騒ぎなど新聞に書かれ、それがきっかけでサミイの社会的信用や名声までおかしくなり、一転して暗い明日へ

――というストーリイであった。

ところで、ここまで書いてきて、私は日本の「走る男」を思い出した。

松本重太郎と言い、幕末、十歳のとき、丹後から文字どおり走り続けて京都へ出て奉公し、さらに大阪へ移り、人一倍働くだけでなく、早朝四時から塾に通っての勉強もする。

独立してからは、客の注文をもらい、神戸へ外国製品の仕入れに走って往復する。サミイ以上に走りに走った男である。

その熱心さに後援者ができ、また丹後などで資金の運用を任せてくれる人も出てきて、ついには銀行をつくり、ビール、鉄道、紡績などの事業に手をひろげ、「西の渋沢」とまで呼ばれるほどの大実業家に成長する。

当時、「一飛千里」の駝鳥とまで讃えられたのだが、サミイとちがうのは、世のため人のためになることをという初一念を失わず、しかも人間関係というか人脈づくりに齷齪することなどなく、堂々と実業に徹したことである。夫婦の仲もよかった。

ただ余りに事業をひろげすぎ、また担保よりも人間本位に貸出をするという銀行経営であったため、やがて不況の嵐に巻きこまれて破綻するのだが、そのときには、「悉皆《しっかい》出します」と、全財産を差し出し、借家住まいの身に。

この人のことを私は『気張る男』(文藝春秋刊)と題して作品化したのだが、その精神は孫の重治《しげはる》にまで受け継がれ、進歩的な論客であった重治は、戦争に反対し続け、昭和天皇の即位六十周年記念式典には、「民間人代表」として、祝辞を奏上するほどの人物になっている。

つまり、同じ走るにしても、齷齪などせず、ときにはむしろ腰を据えて理念を貫くという系譜であった。

重太郎が体調を崩した時には、一夏、高野山にこもって、夫は宿坊の庭めぐり、妻は墓碑めぐり。破綻したからといって、夫妻の絆は強まるばかり。走り続けて生きた人生ながら、「齷齪族」には無いものが、そこには在った。

その意味では、明治に生きた日本人夫婦のほうが、現代のアメリカ人夫婦よりも、ある意味では進んでいた、といえるかも知れない。

全盛時、重太郎は大阪の一等地に豪邸を構え、士族出身の妻は家の中で薙刀の稽古をする一方、赤ワインを楽しんだりしていたが、落ちぶれて、薙刀は借家住まいの天井に吊るす有様になっても、重太郎は地域のため活動し続ける。老い、かつ貧しくなっても、少しも齷齪するところの無い夫婦の姿が、そこには在った。

老人と犬

先日、金田浩一呂さんに会った。隣り町に住んでいるというのに、久しぶりのことであった。

酒ものまず、ゴルフなどもしないとあって、本を読み、本について談じ続け、いまは文学学校の講師などしている金田さん。

ベテランの本読みのプロであるだけに、会っている間中、本の話で本当にこちらは堪能した。

その金田さんが、別れぎわ、さりげない感じで、「最近おもしろかった本」として口にされたのが、テリー・ケイ著、兼武進訳の『白い犬とワルツを』(新潮文庫)であった。

先入観を与えまいとしてであろう、金田さんの説明は無かった。

そこで早速入手し、行儀はわるいが、私のいつもの流儀で、ベッドに横になって読みはじめた。

妻を亡くした八十一歳の園芸師サムの物語である。

一匹の白い犬がどこからか現われる。いや、サムの眼にはそう見えているのだが、娘たちを含めて他の人の眼には、一向に見えて来ない。

結婚生活五十七年。その相手を失なった虚無感は大きい。

とはいえ、地続きに子たちも住んでいて、すぐには孫の数が言えぬくらい、にぎやかでもある。

それに、古くからの家政婦も通ってくる。

また、苗木づくりの腕を懐しんで、かつてのお得意さんが訪ねてきて、注文をくれたりもする。

まずは恵まれた老後のはずだが、妻コウラを失なった空しさは、埋まらない。

夢うつつの物語が進む中で、サムの日記は一廻り大きな活字で組みこまれ、効果をあげているが、そこにサムは書く。

「もうこれからは顔を見、声を聞いて、妻を肌身に感じることはできない。妻は川の向こうにわたってしまった。わたし自身がわたるまでは妻には会えぬ。これからは川を見たら妻のことを思うだろう」

やさしい子たちとのひとときを過ごした直後だというのに、そうしたことを書く。

そういえば、私の予科（旧制高校）時代からの学友であるOは、ロマンチストであり、声も大きく豪傑肌。

私とは肌の合わぬタイプのはずだが、二年間、学生寮の同じ部屋で暮らしたことで、無二の親友になった。

そして、別に打ち合わせしたわけでもないのに、同じ年に結婚、同じように一男一女を持ち、さらに、同じ年に配偶者を失なった。

「何ということなのか」と、先夜も盃を重ねたが、残された者の生甲斐などあれこれ話しているうち、Oはいきなり、そして締めくくるように言った。

「こっちも早く天国へ行けばいいんだぜ、なぁ杉浦よ。それがいちばんんだ」

ペンネームを剝ぎとった私（杉浦）への呼びかけである。

思いがけぬセリフに、私は反射的に、

「バカ言うなよ」

と応じたものの、次の言葉が出ない。

Oらしくもないと思い、次には、いかにもOらしいセリフだと感じて。

それにしても、アメリカ人のサムが「川」つまり、三途の川の彼岸的なものを描いているのに、Oは逆に「天国」を口にした。

二人のイメージするものが全く同じなのか、そうでなければ、どんな風にちがうのか。

その辺のことを考え出すと、飲む酒が水の味になってしまった。

『白い犬とワルツを』がベストセラーになったのは、コウラという亡妻の描き方にもよる。

多くの亡妻物語は、人情の常というか、慕情のはげしさのせいというか、積極的に、油絵的に、ああだこうだと妻の魅力を描き重ねる。

これに対し、『白い犬とワルツを』の場合、淡彩画的というか、コウラが居れば、こうであったろうなどという描き方が多く、亡妻が出ない亡妻物語と言ってもよいほどである。

そのため、押しつけがましさに似たものを感じさせず、かえって広い層の読者を迎え入れることになったのではないか。


主人公サムの性格や行動も、魅力的。

出身校であるマディソン郡の高校の同窓会案内状が来る。幹事はマーサ。男子生徒の間で「高嶺の花」とされたブロンドの髪の美女。

ただし、会場である出身校までは百六十キロの距離があり、子たちは心配するが、サムは振り切って、一応は整備したオンボロ・トラックに白い犬だけ乗せて出発。

一日中、ハンドルを握り続けているうち、道に迷ってしまう。

廃屋を見つけるが、家の様子を調べてみて、安全を考えトラック内でキルトをかぶって眠ることに。つまり、老いてなお、なすべき調査と判断を欠かさない。

夜間、寒風に目ざめるが、また、うとうとして、コウラと楽しく会話をする夢を見、目ざめると、白い犬がじっと見つめていて、その目の中に「宝石のような」コウラの目が光る——と、また泣かせる。

いまひとつ、この作品を引っぱって行くのは、サムの老人とは思えぬ忍耐力と行動力である。

あっちの道だ、こっちの方角だと、振り廻されながらも、さほど腹も立てず、凛としてハンドルを握り続ける。古風なほどの律儀さで。

それは、一種のアメリカン・ヒーローの姿である。文学好きの読者は、直ちにヘミングウエイの『老人と海』を連想するであろう。

いや、白い犬を伴に、道に迷って一日走り続ける主人公サムに、作者は、

「老人と犬。行き暮れてか」

と、つぶやかせる。

追おうとしてか、超えようとしてか、作者は明らかに『老人と海』を意識している。

老いてなお、それなりの勇者の生き方があり、白い犬、いや白い犬の幻想を支えにしても、勇者の生き方を目指そうではないか——と、呼びかけてでもいるかのようである。

なるほど、それはそれなりに魅力的な人生。

ただ私は若いころから好きだった言葉通りの道を行きたい。
「静かに行く者は健やかに行く。健やかに行く者は遠くまで行く」と。

予は昼寝

小春日和の一日、同窓の友人たちとゴルフをした。

いつものことだが、下手な私としては、ゴルフそのものよりも、友人たちとの会話が楽しみ。

苦労話も少なくないが、「毎日が日曜日」となった友人たちにとって、それらは一つの勲章なのかも知れぬ。

おだやかな日差しで、風も無く、遠くの富士までが聞き耳を立てている感じの一日であった。

予想どおり、私のゴルフのスコアは散々。『男子の本懐』(新潮文庫)で描いた井上準之助は、強度の神経衰弱からゴルフによって立ち直ったんだが、最初のころは、

「ドンナニ打テドモ皆打チ損ジテ、玉ハ全ク動カズ」

と書き残しており、私は「それに比べればまだしも」と、ひそかに自らを励ます一方、山茶花や残りの紅葉、駈け廻る落葉など眺めて楽しんだ。

ふだんは軽鴨《かるがも》などが群れている大きな池に一羽の姿もなく、少々がっかりしたが、別の小さな池に集まっているのを見て、ほっとし、

「こっちに移るなんて、軽鴨までリストラか」

と、つい、つぶやく。

少女らしさの残るキャディ二人には、応える言葉が無く、「変なおじさん」と、とまどっている。

さらに進んで行くうち、そのキャディたちが小さく叫んだ。

「あっ、洗熊《あらいぐま》！」

飼育されていたのが逃げ出したなどと聞いてはいたが、まさか。

「あそこ」と、キャディの指さす先は、文字どおり「藪の中」であった。

「こんな広いところに、一人では淋しいだろうなあ」

私のつぶやきに、キャディの反応があった。

「牝《めす》と子供が居ましたけど……」

過去形なので問い直すと、ゴルフ場内のエスカレーターに巻きこまれ、母子ともども落命した由。

「気の毒に。ここに住む以上、エスカレーターの乗り方ぐらい教育しておかないと」

動物好きの私は、かなりまじめに言ったのだが、キャディ二人はしばらく笑いころげる。

こちらは、いよいよ「変なおじさん」か。

同伴競技者《パートナー》である三人の元企業戦士たちは、私のつぶやきにも、終始無言。

これが文士仲間であれば、たちまち話にはずみがつき、ゴルフそのものがどこかへ飛んで行ってしまうところなのに。

以前にも記したように思うが、人間としてワン・テンポおくれているせいで、私は新聞もおくれて読む癖があるし、テレビもあまり見ることが無い。

このため、ホットな話題について行けないが、どうでもよいような事件や人種にまともにつき合わないで済むし、誤報の類にふり廻されることも無く、精神衛生上よろしいと思っている。

そして、この日はゴルフから帰ってひろげた毎日新聞朝刊に「三橋敏雄氏を悼む——池田澄子」という記事があり、その中の、

〈当日集合全国戦歿者之生霊〉

という風変りな言葉というか文句が、突出して目についた。

おどろいたことに、それが俳句だという。

同人誌での兄貴分であった渡辺保夫をはじめ数多い知人を先の戦争で失なった三橋の句には、

「風流には遠い痛烈な俳句が数多い。戦争が奪った、渡辺保夫をはじめ若い命と才能を惜し

む慙愧《ざんき》。また、弾圧により消滅を余儀なくされた新興俳句運動への哀悼と、愚を繰り返すなの思いが詠ませたのだろう」

池田さんの名解説に、こちらは身の引きしまる思いで、三橋の句を読み返した。

「個人情報保護法」なる奇怪な言論弾圧法が国会に上程されている折であり、他人事では済まぬ思いがし、緊張もした。


ただし、池田さんは私の緊張を、その記事の末尾で和らげてくれた。

亡くなる半月ほど前、結果的には最後となる句会に三橋敏雄は出席したが、その際、同一句を色紙四枚に染筆して持参した由。

その句が、また秀抜。

〈山に金太郎　野に金次郎　予は昼寝〉

というのだから。

「いい句だなぁ！」と、大声上げて叫びたい気がした。

三橋敏雄は晩年を小田原で送ったので、その地縁で、足柄山の金太郎や小田原近くの二宮金次郎を呼び出しておいた上で、自分は昼寝とはしゃれている。

金太郎は強腕の主、金次郎は勤倹力行の鑑《かがみ》。

つまり、二人揃って戦士のお手本のような英雄たちである。

その二英雄の横で、ごろりと横になり、

「私は違いますよ。無理に頑張りもせず、齷齪《あくせく》もせず、肩肘張らずに昼寝させてもらいます。あゝ楽だ、楽だ。これも人生、結構、結構」

そうした俳人のつぶやきが聞こえてきそうであった。

そこで、私には軽い後悔の念が湧いた。

この句を、昼間の友人たち、つまり、かつての熱烈な企業戦士たちに紹介し、一人一人からその感想を聞いておきたかった。それだけで一つの短篇か、散文詩が書けたかも知れないのに――と。

だが、それが私には不可能だと、すぐ気づいた。

そうするためには、私が横着せず、朝刊は朝読むべきであった。

朝読むために早朝配られてきているというのに、夕方や翌日になって読んでいるようでは、私はすでに朝から「昼寝」していたのも同然であり、その「昼寝」も、洗熊のようにそこそ藪の中へ逃げこみ、びくびくして仮眠をむさぼる程度のものでしかない。

では、どうすれば「予は昼寝」と言い切れるか。

考えるだけで頭が痛くなり、むしろ軽鴨や洗熊がうらやましくなるばかりであった。

ちょっと散歩してくるよ

テレビの影響のせいもあろうが、耳馴れぬというか、耳ざわりのよくない感じの言葉に、よく出会う。

たとえば、事業などを「立ち上げる」という表現。私などには、自動詞と他動詞が混同されている感じがし、いつになっても違和感がつきまとう。

逆に、割りに素直に受け容れたのが、「はまる」という表現。

「はまっちゃった」などと言われると、落とし穴にはまった子供っぽさというか、稚気も感じられて、まあいいだろという気にさせられる。

そして、最近、私がはまってしまったのが、アイルランド文学というか、アイルランドそのもの。

学生時代から愛読してきたアイルランド人作家ジェイムズ・ジョイスの『ダブリン市民』(安藤一郎訳・新潮文庫)を読み返したのがきっかけだが、ついでにブレンダ・マドクス著、丹治愛監訳『ノーラ　ジェイムズ・ジョイスの妻となった女』(集英社文庫)へ深入りし、さらにコルム・トビーン著『ヒース燃ゆ』（伊藤範子訳・松籟社刊）へと読み進んでしまった。

ところで、本連載に毎号楽しいさし絵を添えて下さっている山野辺進画伯が、銀座で個展を開き、出品作の美しい絵葉書を頂いた。

その半ばは、スコットランドの名コースなどでのゴルフ風景だが、残りの半分がアイルランドの風景。これがまた、すばらしかった。

絵葉書そのものを紹介できぬのが実に残念だが、荒涼とした岩山に建つ一戸とか、重い夕焼けを背にして、白壁の光る家。永遠の時間、永遠の対話を感じさせる墓地の二基の十字架、心の底まで冷たく染まりそうな海に浮かぶ釣舟……。

アイリッシュ・ダンスをおどる少女たちの絵を除けば、どこにも人の姿は無く、深くはりつめた静寂と重い孤独感がひしひしと迫ってくる。

私もダブリンやその近郊を旅したことはあるが、それはアイルランドのほんの入口という か門前にしか過ぎぬことを、つくづく思い知らされた。

土地は瘦せ、気候は酷薄。これといった天然資源も無い上、北海のはげしい風と波に陸地の浸蝕が続き、野や丘が家ごと海にのまれ、海の一部に変わって行く。

このため、食うに困って、ヨーロッパへ働きに出たり、新天地を求めてアメリカ大陸へ渡ったり。

字もろくに読めなかった男が油田を発見して、稀代の大金持になったりもしたし、ケネディ一家のような成功例もあるが、それはむしろ例外的であり、強い嫉妬を買ったりもする。

しかも、問題は大自然のきびしさだけではなかった。

カソリックと英国国教との対立や、英国からの独立を目指すかどうかの政治的対立。テロといえば、まずアイルランドが話題に上るほど、はげしい時期もあった。

合法的な避妊や中絶が認められぬために嬰児殺し。それを避けるため、ジョイスは妻ノーラを連れて、トリエステなどへ移住するが、宗教的な理由もあって、正式な結婚という形式はとらない。

ノーラは一児をもうけるが、ジョイスは第二子のできるのをおそれ、夫婦の営みを避けようとして、夜毎、深酒に浸る……。

その上に、一緒に来ている肉親や、祖国に残してきた親類縁者とのトラブルや送金をめぐる葛藤等々、よくこれだけの問題を抱えて生きて行けると、読んでいるだけで、こちらが病む思い。

もちろん文筆生活もうまく行かず、ノーラは夫ジョイスが美声なので、なんとか歌手にと、たきつけたりもする。

そうした中で、ジョイスはさすが作家根性を失わず、見るべきものは見、書くべきものは書き残し、名作への基礎を固めて行く。

それも現実のきびしさを訴えるだけでなく、逆に、現実には無い幸福な夢物語をつむぎ上げたりもして。

つまり齷齪《あくせく》と現実とやり合うだけでなく、現実を突き抜けたところに、優雅な世界を描き、『ダブリン市民』の結びにある名作「死せる人々」のように、読者をもその世界に連れこんでしまう。


長い不況とかリストラの問題で、なるほど日本もたいへんだが、気候ひとつにしてもまだ恵まれており、建っている家が浸蝕されて海にのみこまれてしまうなどということもない。


ジョイスは一九四一年に五十八歳で亡くなったが、それから約五十年後に刊行されたやはりアイルランド人作家コルム・トビーンの『ヒース燃ゆ』をも読んでみた。

政治上や宗教上の対立はやわらぎ、生活もやや落着いてきている感じだが、大自然の酷薄さだけは、変わらない。

ただし、この作品の主人公は裁判官で、その子供時代と現在とが交互に叙述される形だが、主人公の目下の悩みは、貧しくて弁護士費用も払えず、控訴もできぬ被告への同情などといったことだが、最大の悩みは、長年連れ添ってきた妻を失ったこと。

このため、休暇に入ると、ダブリンの大きな家でひとり暮らしするよりはと、海岸のセカンド・ハウスへと移る。

しかし、いずれにも、居るべき妻の姿が無い。

泳いだり、水に浮かんだりでは、長い長い一日が、とても過ごせず、読書も、音楽を聴く気にもならない。いや、家の中に居ることがつらい。

そこで、仕方なしに歩きに出る。

「朝から晩まで止めどなく歩き回るなどということが、そういつまでも続くわけがないが、でもここでは何も手につかないのだからしかたがない」と自らを慰めて。

別の日、子供たちが遊びに来て、

「ペンキでも塗った方がいいんじゃない？」

と言われると、

「この家ももうすぐ崩れて崖の下、嵐の冬ならいっぺんにおしまいということになるかも知れん」。そして、「天気のいいうちにちょっと散歩してくるよ」。

アイルランドに居るのか、茅ケ崎に居るのか、わからなくなってしまう私であった。

凛とした夫妻

尋常でない苦難の時期を、すさまじい気力で、文字どおり走り抜けた一人の女性が居た。

『夫の始末』（講談社刊）の主人公、絹である。

同書の著者である田中澄江のほとんど自伝と言ってよい作品だが、澄江、夫の千禾夫《ちかお》と夫妻そろって高名の劇作家。作品中での絹は古い家系を持つ資産家の娘として生まれ、子供の一人一人に女中がつくといった裕福で、幸せな育ち方をし、女子高等師範（現・お茶の水女子大）を出て、文学の道へと進んだ。

そして、同じように文学を志す男に求婚されたが、即答はしない。

すでにいくつか縁談を持ちこまれており、そうした相手とのお見合いが全部済むまで待ってくれ、と。

これまた贅沢なというか、恵まれた話。つまり、比べてみた上で、家を用意してくれるということもあって、最初の男の求婚に応じた。

ただし、さらに条件をつける。

結婚式こそ挙げるが、当時、学校の教師もしており、その学校が休暇に入る四ヵ月先まで、実質的な結婚は繰り延べる——と。

絹ならではのこだわりであり、潔癖というか、凜とした美学の問題。これをまた、夫になる男は受け入れてくれる。

こうして絹は物心ともに恵まれ、多くがマイペースで進み、ハッピィなスタートをしたというのに、その先、何が起ったのか。

まず戦後の改革の中で、不在地主というので、土地など家の資産が次々に失なわれた。

二男一女をもうけ、京都へ移って、夕刊新聞社の映画欄などの担当記者となったが、息子の一人が頭部の難病のため入院。

当時のことで病院での給食が無いため、病院近くに間借りし、朝六時に朝食作りに病院へ走り、昼には弁当を作って届け、さらに夕食作りに病院へかけつける。

野菜などの入手に走り回らねばならぬし、鴨川の河原へ流木を拾いに行き、燃料にしなければならぬ。もちろん、映画館や劇場へ取材に通う合間のことである。

まさに、走りに走り、気力だけで走り続ける日々。疲れ切って、息子のベッドの下に新聞を敷いて、そのまま、ごろ寝する夜も。

そうしたとき、勤め先の新聞社が倒産し、さらに七難八苦の中を走り続ける日々となる。

私は「齷齪と走り続けた男」で、『何がサミイを走らせるのか?』を紹介したが、サミイと絹では、走り方が明らかにちがう。

サミイは、出世欲、金銭欲、自己顕示欲につられて走った。これでもか、これでもか、と走った。

とめどもなく欲望でふくれ上り、まさに齷齪《あくせく》として走った。

このため、読者としては、この先どうなるのか、ときには冷笑を浮かべながら、外から眺める。見物する。

ところが、絹の走りぶりには、面白がるどころか、ひきこまれるし、頭が下がる。絹は自分の欲望のため走ってはいない——という消極的な理由からだけではない。

「夫の始末」とは、おそろしいようなタイトルに見えるが、そうではなく、絹によれば、その「始末」とは、始めと終わりをはっきりさせる、つまり、それぞれの領域というか、在るべき姿を、きちんと守る。

どちらかといえば、気質というか、生きる美学とでもいったものに近い。

物書き同士の夫妻としては、そのあたりをはっきりさせないと、生活も仕事も崩れてしまうからでもあろう。

もともと絹は進歩的思想の持主であると同時に、夫を残して登山に出かけ、水泳などにも打ちこむ。当時の女性としては極めて先進的なライフ・スタイルの持主であった。

たとえば、次のような話が出てくる。

結婚して三十年、絹は事故で大腿骨折をし、温泉治療所に通うため、塩原温泉の旅館に一カ月近く滞在した。

部屋係が話好きで、しきりに話しかけたが、絹は無口。その上、机に向かって何か書いている。

このため、独身を通して仕事をしている客と、部屋係は思いこんでしまった。

そしてある日、夫という男が訪ねて来て、部屋係はびっくりし、絹に注進。

ところが玄関に出てきた絹は、夫に向かって、ぶっきらぼうに一言。

「何か急用ですか」

近くの宇都宮で自作がマチネーで上演されたのを観《み》ての帰り――と、夫は答えた。

二人は別に仲違いをしているわけではなく、夕食を共にし、酒も注ぎ合ったし、町歩きもした。

ただし、夫の寝室は、別に用意させた。

クールなようだが、それが夫婦の流儀であった。物書き同士の夫婦としては、そのあたりまできちんと守らないと、生活も仕事も崩れる心配がある。

夫婦が二人とも物書きとして並び立つためには、そうした流儀というか、けじめが必要なようであった。
流儀といえば、絹夫妻の間では、「おまえ」とか「おい」とかも、禁句であった。
当時では「おまえ」「おい」がふつうのことであったが、対等の人格として組む以上、互いの尊厳を傷つけてはならぬ、ということであろう。
ところで、「他人事でなく、おまえたちの場合はどうか」との問責に、お答え代わりに、生前の妻のいたずら書きを差し出します。
「〃虫の音と
夫《つま》の寝息の
競い合い〃
御前一時、
あゝねむい……」
その時間まで妻が何をしていたのか、知ることもない夫でした。

風のように

作家生活四十五年。この間、いくつかのトラブルや困難もあったが、大筋に於ては、まずまず悔いのない人生を歩んでくることができたように思う。

ただし、小さな悔いが、いくつかある。

ひとつは、操縦免許をとることができなかったこと。

次に、頻繁に海外に出かけ、サンフランシスコやニューヨークでは、それぞれ一ヵ月滞在したりはしたが、一年でも半年でも、本格的に住む経験を逸したことである。

チャンスはあった。

かなり本気でカナダへの移住を考え、カナダ大使に相談にまで出かけたし、一方、オーストラリアの大学から二年間の出講を求められもした。

だが、カナダの冬の厳しさを、大使から懇々と説かれ、もともと寒がり屋の私は話だけで身ぶるいして諦め、後者については、オーストラリア駐在経験のある親友に相談したところ、言下に、

「やめろ。お前のようなテーマで書いてきているとと、二年後、日本に帰るときには使いものにならなくなっている」

自信満々で失職を予言されたのではこちらもひるまざるを得ない。その後、翻訳ものを乱読してきたのは、主人公たちの身になって海外のあちこちに住んでみる――という思いが働いていたのかも知れない。


そして、あるとき目についたのが、阿川佐和子『どうにかこうにかワシントン』(文春文庫)である。

著者とはかなり以前、対談のため一度だけお会いしたことがある。明るく聡明だが、礼儀正しく、おとなしい人という印象であった。

ところが、その後、阿川さんはエッセイにテレビに、ついには小説の領域にまで羽ばたいての大活躍。

「女性について暗い」と、かねて同業者からからかわれてきた私だが、わが眼をやはり疑わざるを得ない。

さらにまた愕然としたのが、私がこわごわ、そして深刻に追ってきた人生の歩き方について、『走って、ころんで、さあ大変』とか、『ときどき起きてうたた寝し』『阿川佐和子のアハハのハ』などと、あのおとなしそうなお嬢さんが、鼻唄のように、のどかに、うたい上げている。

あくせくするとか、しないとかを吹きとばし、彼女の好きな言葉を使えば、「風のように生きて」いる。

しかし、いかに「風のように」と気張ってみても、海外でその生き方が通じるものだろうか。

実現しなかった私自身の海外生活への思いと重ね合わせ、そこで彼女の『どうにかこうにかワシントン』を、虫眼鏡を使うようにして読んでみた。

まず、さりげなくではあるが、その滞在先の選び方がうまい。

つい、サンフランシスコとかニューヨークとか選びたくなるものだが、前者はアメリカの入口に過ぎず、後者はアメリカの都会というより、むしろ国際都市。

それより、アメリカの奥深く、しかも、いかにもアメリカらしい首都、それも花の都のワシントンを選ぶとは、心憎い。

次に、アメリカへの長期滞在のビザをとるのが大変だと思われたのに、そこはスミソニアン博物館のボランティアに応募するという形ですんなり入国してしまい、頭の回転もまた風のように速い。

ボランティアなら、仮にあくせく働くとしても、心に余裕は残るだろうし、万一、いやになったり、つらくなったら、風の抜け道もあろうというわけで、これまた、なるほど、なるほどと、うならされた。

さし当たっては、スミソニアンの職員の子弟を保育所でデイ・ケアをするというのが、彼女の任務。

内容はかなり自由のようで、たとえば、七月七日に、彼女は日本の七夕をやって見せることにし、苦労して折紙を入手して飾り物はつくったが、笹竹があちこち訊いて廻っても見つからない。

それでも諦めず、根気よく笹竹求めて歩き廻る。

「見知らぬ界隈《かいわい》を絶対に一人歩きしないように」

と、やかましく注意されていたのに、地下鉄に乗り、かつて降りたことのない駅まで行く。

そして、「家並みはうらさびれ」「子供の遊ぶ姿がない」「たまに擦れ違う人の目つきが心なしか鋭く」といった地帯まで、笹竹探して尋ね廻る。

その行動力と根気のよさには、思わず頭が下がってしまう。「アハハのハ」には楽天性と同時に無責任性が匂うが、後者とはまるで無縁である。

加えていまひとつ、この「アハハのハ」嬢を支えているものに、好奇心というか、観察欲の強さといったものがある。

この間にテレビの仕事だというが、トマトを追って、メキシコとローマへも出かけているし、八月には、スミソニアンのための資料集めということで、アメリカ北西部のモンタナ州に在るインディアン・リザーブ（居住区）へ行く。

一般からの参加者のほとんどが六十歳以上というから、彼女はやはりお嬢さん扱い。ただし、そのお嬢さんも滞在七日のうち、二日は馬糞の異臭の中でのインディアンの三角テント泊り。私など鼻をつまんでリタイアする。

この本にはまた、お金をもらおうとして、「ハーイ、元気？」と声をかけてくるホームレスに対して、彼女が、「元気よ、あなたは」と応えたという話も出てくる。

私が最近読んだ『グランドセントラル駅・冬』（リー・ストリンガー著、中川五郎訳・文藝春秋刊）では、ニューヨークのホームレスにはアルコールや麻薬、コカイン常用者が多く、それを売買する組織がからむという実態が描かれ、いまも肌寒くなる読後感が残っている。二つの大都会のちがいはあるにしても、やはり彼女には「アハハのハ」と言えるだけの度胸があり、私は元気を失くすばかりであったが、最後に一つの共通点を見つけ、ほっとした。

部屋のキーはじめもろもろの鍵を、彼女は一気に失くしてしまった、というが、私にもその前科が。

笑っては居られぬ共通点である。

いくつになっても

「老」という字が、好きになれない。

齢を重ねるにしても、心身の状態は人によって千差万別。それを一語でくくることはないし、逆に、「敬老」「長老」「家老」など、「老」がつくから敬意を払えと言わんばかりの響きもあって、やはり、いい感じになれない。

では、どう言えばよいのか。

私は、「晩年という名の学校への新入生」と思うことにし、その学校を優等で卒業したのが、「晩成」でもあり、あるいは「晩晴」になる。

晩年学校の一年生である私が、そんな風に思っていたとき、群ようこ著『モモヨ、まだ九十歳』（ちくま文庫）なる本が目にとまり、高学年の生徒から教えてもらうことにした。

本の主役は、モモヨという名の一九〇〇年生まれの女性で、著者の祖母に当たる。晩年という学期の高学年生である。新入生の私にとっては、そのモモヨの生き方や言動が、そのまま大きな教材になると思えた。

モモヨはまず元気そのものの老女であった。

九十歳なのに、単身で列車に乗り六時間かけ、二十六年ぶりの東京へとやってくる。

このモモヨの希望に従い、著者が真先に案内したのが、上野動物園。

パンダ舎の前で延々長蛇の列をつくって、ようやくパンダに対面したのだが、後から後から押し出される感じで、じっくり見ることができない。

動物園の係員は、「十分に見たければ、もう一度、行列の最後尾に戻って待つように」という。

ところが、モモヨは「面倒くさいなぁ」とつぶやき、この係員の指示には従わず、

「私は年寄りだ、私は年寄りだ」

と念仏のように唱え、耳が遠いふりをして、行列の流れに逆行し、係員につかまえられることになる。

老人であることを逆用する逞しさだが、その一方では、「テレビがお友達」で、角力と野球が放送されていれば、テレビから離れようとしないし、清原の大ファンであった。ニュースもしっかり見ていて、東欧の政治情勢などを若い著者に講義したりもする。

動物園の次の見学先は東京ドーム。続いて、ディズニーランドと、若者顔負け。

後者では、シンデレラ城に「感無量」となり、「スペース・マウンテンに乗らなきゃ来た甲斐がない」という若者の声が耳に入ると、ぜひそれに乗りたいと言い出し、「周りの人に

迷惑をかける」と反対され、ようやく思いとどまるという有様。

テレビで知ったという「おばあちゃんの原宿」（巣鴨）へも行き、スラックスやズロースなど山ほど買うが、早速、自分で荷造りして宅配便で田舎へ送ってしまい、著者一家をまた唖然とさせる。

田舎の家に嫁が来たとき、「女がふたりいると、面倒になるから」とパートに出、八十二歳まで働き、以後もゲートボールと屈伸運動を欠かさぬという体力に、著者一家がくたびれ果ててしまう。

いや、こんな風に紹介するだけで、私もまた疲れた。

私から見れば超人的によく動くモモヨだが、いわゆるあくせくしているのとはちがう。そうはいっても、「あくせくしたくない」という私の望みを叶えてくれる生き方でもない。むしろ違うことばかり。

私は、上野のパンダを見たこともない。動物園へはよく行くのだが、パンダ舎には足を向けない。パンダが嫌いなわけではなく、人が群れたり、行列したりする場所が、苦手である。

孤高を尊ぶなどというものではないし、人間嫌いでもない。むしろ、何より人間が好きだから、作家としての長い人生を歩き続けてくることもできた。

ただ、私の場合、一人とか二人とかに向き合って、相手の眼を見ながら、じっくり話し合うというのが性に合っており、このため対談は好きだが、幾人もが集まって、人前で議論を闘わすようなパネラーの役は、すべて勘弁してもらっている。

それは私の反射神経の鈍さのせいもある。

時間をかけて考えないと、次の言葉が出て来ないし、出た後で悔いることも少なくない。

いや、集まること群れること自体に、一種の違和感というか、警戒心がある。

これは、私だけではなく、末期戦中派と呼ばれる私と同世代に共通することで、軍隊や準軍隊化した戦中の学校への反撥が尾を曳き、このため同窓会もまた組織の一つということで、中学や高校（大学予科）、大学学部のいずれでも、私の期は同窓会づくりがおくれ、同窓会活動も低調であった。

人は群れないほうが安全で安心とでもいう感覚であろうか、因果なことではある。

話をモモヨとの比較に戻せば、ほとんどテレビを見ない私は、野球や角力に格別の興味は無い。

八百長的な勝負や、目に余るスカウト人事が行われたことへの反撥もあって、その傾向は強まるばかり。

それに、力士や選手への関心や情報を持っていないと、勝負の展開そのものに興味を抱くことはあっても、それから先へは深入りしない。

選手やチームのファンになれば、それにとらわれる危険がある。何につけても、とらわれることはもう御免、という思いがある。

モモヨがそうであったかどうか、はっきりしないが、私は本が好き。

本はいつでも、どこでも、望む世界へ連れて行ってくれる。古今東西の人間の中にまで。そして、そうした人間たちの人生を、わが事のように追体験させてくれる。つまり、数多い人生を歩ませてくれる。

それに、いやになれば、即座に投げ出し、何の後腐れもない。

私は旅も好き。

旅と本を組み合わせれば、一プラス一が四にも五にもなり、そこに私だけの新しい世界が生まれる。

絵画や音楽を加えれば、さらに広がり、深まるものがある。

買う楽しみ、与えられる楽しみもいいが、つくる楽しみ、寄与する楽しみも、奥が深い。

モモヨさんのように若者顔負けの元気さは無くても、静かに健やかに遠くまで、心の旅を続けることができるのではないか。

あとがき

作家生活も四十五年というのに、才能不足というか、体力不足か、いや、その双方そろってのせいであろう、私はいわゆる大作に取り組むのが、にが手。

これまでの最も長い作品でも、一年間の新聞連載、単行本にして上下二巻というのが、限度であった。

といって、短篇なら勇躍して飛びつくというわけでもなく、少ない枚数の仕事なら、おっかなびっくりでも、とにかく書いてみようというだけのこと。

それでよく四十五年間もプロとしての生活ができたと言われそうだが、私にしてみれば、それだから、ともかくここまで歩いて来られた——という感じである。

この連載も一回七枚ということなので、つい引き受けてしまった。それが三年間続くとどういうことになるかというところまでは考えず、このため、道半ばで悔いが深まってきた。

もともと読書が好きということでも、油断していた。楽しみとしての読書は、好きなものを気ままに読み、読み終われば「はい、さようなら」で済ませることができるからで、楽しみが終わろうとするとき、書かねばならぬという苦しみが顔をのぞかせるとなると、気が重くなり、せっかくの本を投げ飛ばしたくなる。


それに、もともと遅筆であったのが、華麗ならぬ加齢のせいで、さらに時間がかかることも、加齢のせいで忘れていた。

最初のうちこそ、幾作か次々と読み、かつ書いて、ストックもできたのに、連載が始まると、またたく間にそのストックも消え、あとは追われるばかり。ようやく書いて発送し、ほっとする間もなく、次の締切が来て、たかが七枚どころか、七転八倒することも。

それでもともかく完結できたのは、「本」編集部の石坂純子さんという名調教師のおかげである。

一作ごとに、すかさず最初の読者としてのコメントを寄せてくれた。

それも、旅人の身を縮ませるきびしさでなく、ときには本心を隠すか殺すかして、とにかく暖かく励まし、旅人に前へと進ませる。

どこをどう押せばよいか、どんな風に声をかければよいのか、十分に心得ての調教ぶり。そのおかげで、ようやく終着ゴールへたどりついた。

「この命、何をあくせく」と、不遜なひびきのタイトルをつけたのは、せっかちで気弱な私自身を励ますためであったが、三年間が無事に終わって、とにかく一安心。愛読して下さった読者の方たちに心から御礼申し上げたい。


連載が一段落したところで、気分転換のため、また、かねて気になるテーマもあって、東欧三ヵ国へ旅した。美しく碧《あお》きドナウがゆっくりゆったり流れる国々であった。

明け暮れこうした川を眺めていれば、人の心も政治もおだやかであり続けたであろうと思ったのだが……。

あまり先のことは考えず、少しでもおだやかにのびやかに、一日一日を楽しくと、痛切に思うばかりのこのごろである。

城山　三郎

この作品は月刊誌「本」巻頭連載「この命、何をあくせく」(一九九九年八月号〜二〇〇二年七月号)に一部加筆をしたものです。

《著者略歴》
1927年愛知県生まれ。
東京商科大学（現一橋大学）卒。
『総会屋錦城』で第40回直木賞受賞。
『雄気堂々』『落日燃ゆ』
『もう、きみには頼まない』など著書多数。
近著『指揮官たちの特攻』もベストセラーに。

N.D.C.916　202p　20cm

この命《いのち》、何《なに》をあくせく

二〇〇二年九月十三日　第一刷発行

著者　城山《しろやま》三郎《さぶろう》

発行者　野間佐和子

発行所　株式会社　講談社
〒一一二―八〇〇一　東京都文京区音羽二―一二―二一
電話　編集部　〇三―五三九五―三五二二
販売部　〇三―五三九五―三六二二
業務部　〇三―五三九五―三六一五

印刷所　凸版印刷株式会社

製本所　黒柳製本株式会社

定価はカバーに表示してあります。

ISBN4-06-211434-8